Jack London:
Die glücklichen Inseln
Erzählungen

Deutsch von Erwin Magnu

Deutscher
Taschenbuch
Verlag

dtv

Von Jack London
sind im Deutschen Taschenbuch Verlag erschienen:
Lockruf des Goldes (871)
Der Sohn des Wolfs (897)
König Alkohol (899)
Die Insel Berande (907)
An der weißen Grenze (918)
Südseegeschichten (923)
Abenteurer des Schienenstranges (948)
Alaska-Kid (956)

Ungekürzte Ausgabe
Februar 1974
Deutscher Taschenbuch Verlag GmbH & Co. KG,
München
Lizenzausgabe des Universitas Verlags, Berlin
Umschlaggestaltung: Celestino Piatti
Satz: Cotygrafo GmbH, Köln
Druck und Bindung: Graph. Werkstätten Kösel, Kempten
Printed in Germany · ISBN 3-423-00971-3

Das Buch

Die acht Erzählungen dieses Bandes gehören zu den berühmtesten Südseegeschichten Jack Londons. Ihr Schauplatz sind die Hawaii-Inseln, die dem Autor aus eigenem Erleben vertraut waren. Sie spielen zu einer Zeit, als der Einfluß der Weißen bereits übermächtig geworden war, gehen in Erinnerungen aber auch zurück in die Zeit, als sie noch nicht die Herren der Inseln waren. So berichtet beispielsweise die Erzählung ›Die Gebeine Kahekilis‹ von den Riten beim Tod eines Häuptlings. Das Zentralthema ist jedoch die Begegnung (und Vermischung) von Hawaiianern und insbesondere weißen Einwanderern, die im übrigen nicht nur den Polynesiern die Macht nahmen, sondern auch, indem sie chinesische Kulis für die Arbeit auf ihren Plantagen holten, den Aussatz auf die Inseln brachten – ein Problem, das nicht nur in der Erzählung ›Koolau, der Aussätzige‹ aufgegriffen wird. ›Das Haus des Stolzes‹ stellt selbstgerechtes Puritanertum hawaiianischer Lebensfreude gegenüber; ›Die Tränen Ah Kims‹ und ›Chun Ah Chun‹ lassen in den Lebensschilderungen eines ehemaligen Schleppkulis und eines Kleinbauernsohnes chinesische Kultur und hawaiisch-westlich orientierten Lebensstil aufeinandertreffen. Doch nicht nur das zugrundeliegende Thema verbindet diese Geschichten – gemeinsam ist ihnen auch die Faszination, die von der Schönheit dieser Inseln ausgeht.

Der Autor

Jack London (eig. John Griffith, später J. G. London nach seinem Stiefvater) wurde am 12. 1. 1876 in San Francisco geboren und wuchs in ärmlichen Verhältnissen auf. Er schlägt sich als Fabrikarbeiter, Austernpirat, Landstreicher und Seemann durch, holt das Abitur nach, beginnt zu studieren, geht dann als Goldsucher nach Alaska, lebt monatelang im Elendsviertel von London, gerät als Korrespondent im russisch-japanischen Krieg in Gefangenschaft und bereist die ganze Welt. Am 22. 11. 1916 setzt der berühmte Schriftsteller auf seiner Farm in Kalifornien seinem zuletzt von Alkohol, Erfolg und Extravaganz geprägten Leben ein Ende.

Inhalt

Auf der Makaloa-Matte

Im Gegensatz zu den Frauen der meisten südländischen Rassen altern die Hawaiianerinnen langsam und halten sich schön. Der Frau, die unter dem Haubaum saß, würde ein guter Beobachter, selbst wenn er nicht an Schminke oder sonst ein geschicktes Verbergen der Alterserscheinungen gedacht hätte, überall in der Welt außer in Hawaii ihre fünfzig Jahre zugestanden haben. Aber ihre Kinder und Kindeskinder sowie Roscoe Scandwell, der seit vierzig Jahren ihr Gatte war, wußten, daß sie vierundsechzig zählte und am zweiundzwanzigsten Juni fünfundsechzig wurde. Sie sah jedoch nicht danach aus, wenn sie sich auch zum Lesen ihres Magazins eine Brille aufsetzte, die sie wieder abnahm, sobald sie ihre Blicke über das halbe Dutzend Kinder, das auf dem Rasen spielte, schweifen lassen wollte.

Es war ein prächtiger Anblick – prächtig wie der uralte Haubaum, in dessen weitem Schatten sie so bequem wie in einem Hause saß, prächtig wie der Rasen, dessen samtene Fläche, die einen Schätzwert von zweihundert Dollar für jeden Fußbreit Straßenfront hatte, sich landeinwärts bis zu dem ebenso würdevollen, stattlichen und prächtigen Hause erstreckte. Drunten gewährte ein Saum von hundert Fuß hohen Kokospalmen einen flüchtigen Durchblick auf das Meer, hinter dem Riff von tiefblauer Farbe, die nach dem Horizont zu indigoblau wurde, innerhalb des Riffs die ganze silberne Stufenleiter von Jade über Smaragd zum Turmalin aufweisend. Und dies war nun ein Haus von dem halben Dutzend, das Martha Scandwell gehörte. Ihr wenige Meilen von Honolulu am Nuuanuwege zwischen dem ersten und zweiten »Schauer« gelegenes Stadthaus war ein Palast. Ein Schwarm von Gästen hatte die Behaglichkeit und Fröhlichkeit ihres Berghauses auf dem Tantalus, ihres Vulkanhauses, ihres Maukahauses und ihres Makaihauses auf der großen Hawaii-Insel kennengelernt. Das Waikikihaus stand hinter den andern nicht an Schönheit, Würde und verschwenderischer Lebensführung zurück. Zwei japanische Gartenarbeiter stutzten die Hibiskusbüsche, während ein dritter sich sachgemäß mit der langen Cereushecke beschäftigte, die in kurzem ihre geheimnisvollen nächtlichen Blüten entfalten sollte. Ein japanischer Hausdiener in fleckenlosen weißen Hosen brachte die Teetassen heraus, gefolgt von einem japanischen Mädchen, das, hübsch wie ein Falter und, in dem eigentümlichen Gewand seiner Heimat, wie ein Schmetterling herausgeflattert kam, um ihre Herrin zu bedienen. Ein zweites japanisches Mädchen schritt, eine Anzahl türkischer Handtücher über dem Arm, über den Rasen nach rechts zu den Badehäusern, aus denen gerade die Kinder in Badeanzügen herauskamen. Dazu warteten unter den Palmen am Strande zwei chinesische Kinderwärterinnen in der hübschen Tracht ihrer Heimat – weißen Yeeshons und geradegeschnittenen Hosen – mit schwarzen Zöpfen, die ihnen über den Rücken herabfielen, jede mit einem kleinen Kind im Kinderwagen.

Und all diese Diener, Mädchen und Enkelkinder gehörten Martha Scandwell. Wie die ihre, war auch die Haut der Enkelkinder – von der unverkennbaren hawaiischen Tönung – tadellos gleichmäßig von der Sonne Hawaiis gefärbt. Zu einem Achtel und einem Sechzehntel waren sie Hawaiianer, das heißt, daß schon sechs Achtel und ein Sechzehntel weißes Blut unter dieser Haut pulste, ohne doch den Goldhauch Polynesiens auslöschen zu können. Aber nur ein gewiegter Kenner hätte wiederum bemerken können, daß diese fröhlichen Kinder sich irgendwie von reinblütigen Weißen unterschieden. Roscoe Scandwell, der Großvater, war ganz weiß; Martha war es zu drei Vierteln und ihre vielen Söhne und Töchter zu sieben Achteln. Bei den Enkelkindern, in den Fällen, in denen ihre Sieben-Achtel-Väter wieder Sieben-Achtel-Mütter geheiratet hatten, waren sie selbst zu vierzehn Sechzehnteln oder sieben Achteln weiß. Von beiden Seiten war das Blut gut, Roscoe stammte in gerader Linie von den Puritanern Neuenglands, Martha in ebenso gerader Linie von dem Königsgeschlecht Hawaiis ab, dessen Genealogie schon ein Jahrtausend vor Kenntnis des geschriebenen Wortes in »Meles« besungen worden war.

In einiger Entfernung hielt ein Auto an; eine Frau stieg aus, deren Alter man auf höchstens sechzig hätte schätzen mögen, und die wie eine jugendliche Vierzigerin über den Rasen schritt, in Wirklichkeit aber achtundsechzig Jahre alt war. Martha erhob sich von ihrem Sitz, um sie in der herzlichen hawaiischen Art mit Umarmung, Lippe auf Lippe, mit beredtem Gesicht und nicht minder beredtem Körper voller Aufrichtigkeit und Überschwang zu begrüßen. Und »Schwester Bella« und »Schwester Martha« flog es hin und her und dazwischen unzusammenhängende Fragen nach Onkeln, Brüdern und Tanten, bis sie, nachdem sich die erste Erregung gelegt hatte, mit vor Zärtlichkeit und Liebe feuchten Augen dasaßen und sich über ihre Teetassen hinweg anblickten. Es war, als hätten sie sich jahrelang weder gesehen noch umarmt. Tatsächlich aber hatte ihre Trennung nur zwei Monate gedauert. Und die eine war vierundsechzig, die andere achtundsechzig Jahre alt. Aber zum vollen Verständnis muß man wissen, daß in beiden zu einem Viertel das sonnenwarme, liebeswarme Herz von Hawaii pochte.

Die Kinder umdrängten Tante Bella wie eine steigende Flut, sie wurden freigebig umarmt und geküßt, ehe sie mit ihren Wärterinnen zum Badestrand gingen.

»Ich wollte für einige Tage an die See gehen, jetzt, da der Passat nicht mehr weht«, erklärte Martha.

»Du bist doch schon seit vierzehn Tagen hier«, lächelte Bella ihre Schwester zärtlich an. »Bruder Edward erzählte es mir. Ich traf ihn auf dem Dampfer, und er bestand darauf, zuerst mit mir hinzufahren, um nach Louise und Dorothy und seinem ersten Enkelchen zu sehen. Er ist ganz toll vor Freude.«

»Wirklich!« rief Martha. »Zwei Wochen! Ich hätte nicht gedacht, daß es schon so lange her ist.«

»Wo ist Annie? Und wo Margaret?« fragte Bella.

Martha zuckte die umfangreichen Achseln mit umfassender, nachsichtiger Liebe für ihre launischen großen Töchter, die ihre Kinder den ganzen Vormittag der Obhut der Großmutter überlassen hatten.

»Margaret ist zu einer Sitzung des Freiluft-Vereins. Sie wollen die ganze Kalakaua-Avenue entlang Bäume und Hibiskusbüsche pflanzen«, sagte sie.

»Und Annie gibt einen Tee, der sie achtzig Dollar kostet, um fünfundsiebzig Dollar für das Britische Rote Kreuz zu sammeln – es ist ihr Ausgehtag, mußt du wissen.«

»Roscoe muß doch stolz sein«, meinte Bella und bemerkte den strahlenden Schimmer des Stolzes in den Augen ihrer Schwester. »Ich erhielt in San Franzisko die Nachricht von der ersten Dividende von Ho-o-la-a. Weißt du noch, wie ich, als sie fünfundsiebzig Cent standen, tausend Dollar für die Kinder der armen Abbie zeichnete und sagte, daß ich verkaufen würde, wenn sie auf zehn Dollar gestiegen wären?«

»Und alle lachten dich und jeden andern aus, der etwas zeichnete«, nickte Martha. »Aber Roscoe wußte, was er tat. Heute stehen sie vierundzwanzig.«

»Ich habe meine vom Dampfer aus durch Funkspruch verkauft – zu zwanzig«, fuhr Bella fort. »Und jetzt wirft Abbie sich ganz wild auf Damenschneiderei. Sie fährt mit May und Tootsie nach Paris.«

»Und Karl?« fragte Martha.

»Oh, der wird Yale ganz durchmachen –«

»Was er auf jeden Fall getan hätte, und das weißt du auch selbst recht gut«, sagte Martha mit leisem Tadel. Bella gab schuldbewußt ihre Absicht zu, für den Sohn ihrer Freundin das Studium zu bezahlen, und fügte zufrieden hinzu:

»Aber hübsch ist es doch, die Ho-o-la-a das bezahlen zu lassen. Eigentlich ist es ja Roscoe, der es bezahlt, denn auf seinen Rat legte ich das Geld dort an.« Sie ließ den Blick langsam umherschweifen, ihre Augen sogen nicht nur die Schönheit, Behaglichkeit und Ruhe aller Dinge ein, auf die sie sich hefteten, sondern gleichzeitig die Unendlichkeit von Schönheit, Behaglichkeit und Ruhe von allem, das diese Dinge, in ähnlichen Oasen über das ganze Inselland verstreut, repräsentierten. Sie seufzte ganz zufrieden und meinte: »Unsere Männer haben alle gut verwaltet, was wir ihnen brachten.«

»Und mit Glück . . .«, stimmte Martha ihr bei, unterbrach sich aber mit verdächtiger Schnelligkeit.

»Und mit Glück . . . für uns alle, außer Schwester Bella«, vollendete Bella den Gedanken milde für sie. »Deine Heirat taugte nichts«, murmelte Martha, ganz Sanftmut und Mitgefühl. »Du warst noch so jung. Onkel Robert hätte dich nie dazu veranlassen sollen.«

»Ich war erst neunzehn«, nickte Bella. »Aber George Castner war nicht schuld daran. Sieh nur, was er, noch aus dem Grabe heraus, für mich getan hat. Onkel Robert war klug. Er wußte, daß George den Weitblick, die Energie und Hartnäckigkeit des Vorausschauenden hatte. Er sah selber schon damals – und das ist fünfzig Jahre her – den Wert der Wasserrechte von Nahala, was kein anderer tat. Sie dachten, daß er die Absicht hätte, die Viehweiden zu kaufen, während er in Wirklichkeit die Zukunft der Wasserkräfte vor Augen hatte – und welchen Erfolg er hatte, das weißt du. Ich schäme mich manchmal, wenn ich an mein Einkommen denke. Nein, was es auch immer war, George hatte nicht schuld an unserer unglücklichen Ehe. Ich weiß, daß ich glücklich mit ihm hätte leben können, bis auf den heutigen Tag, wenn er noch gelebt hätte.« Sie schüttelte langsam den Kopf. »Nein, seine Schuld war es nicht; weder seine, noch die eines andern. Nicht einmal meine. Wenn überhaupt jemand schuld daran war –«, ihr gütiges Lächeln nahm dem, was sie sagen wollte, den Stachel, »– wenn überhaupt jemand schuld daran war, dann war es Onkel John.«

»Onkel John!« rief Martha sehr erstaunt. »Wenn es schon einer sein sollte, so würde ich gesagt haben: Onkel Robert. Aber Onkel John!«

Bella lächelte leise, aber bestimmt.

»Aber es war doch Onkel Robert, der dich veranlaßte, George Castner zu heiraten«, drängte die Schwester.

»Das ist wahr«, nickte Bella bestätigend. »Aber es handelte sich nicht um den Mann, sondern um ein Pferd. Ich wollte mir ein Pferd von Onkel John leihen, und er sagte ja. So ist alles gekommen.«

Für einen Augenblick durchschnitt tiefes Schweigen den Raum, dann erklangen die Stimmen der Kinder und die sanften Ermahnungen der Wärterinnen näher am Strande, und plötzlich fühlte Martha Scandwell zitternd, wie sie von Wagemut durchbebt wurde. Sie winkte den Kindern, sich zu entfernen. »Lauft, Lieblinge, lauft. Oma und Tante Bella wollen plaudern.«

Und während der süße helle Klang der Kinderstimmen über dem Rasenplatz verhallte, beobachtete Martha mit der Scharfsicht des liebenden Herzens die Linien der Traurigkeit, die der geheime Schmerz eines halben Jahrhunderts in die Züge ihrer Schwester eingegraben hatte. Seit fast fünfzig Jahren kannte sie diese Linien. Sie stählte all die rührende hawaiische Sanftmut in sich, um das Schweigen eines halben Jahrhunderts zu brechen.

»Bella«, sagte sie. »Wir wissen nichts. Du hast nie gesprochen. Aber wir haben im Stillen darüber gegrübelt, ach, immer wieder –«

»Und habt nie gefragt«, murmelte Bella dankbar.

»Aber jetzt endlich frage ich dich. Unser Abend ist angebrochen. Hör die Kinder! Manchmal erschrecke ich bei dem Gedanken, daß es Enkel sind, meine Enkel – während es mir scheint, als sei es kaum Tage her, daß ich das sorgloseste Mädel mit dem freiesten Herzen war, das je ein Pferd bestieg, in der großen Brandung schwamm, bei Ebbe Opihis sammelte oder ein Dutzend Verehrer verlachte. Und jetzt, im Zwielicht unseres Abends, laß uns alles vergessen, außer daß ich deine liebe Schwester bin, wie du die meine bist.«

Beide hatten feuchte Augen. Bella zitterte offenbar vor der Aussprache.

»Wir dachten, es sei George Castner«, fuhr Martha fort, »und glaubten die Einzelheiten zu erraten. Er war ein kühler Mann. Du warst eine heißblütige Hawaiianerin. Er muß grausam gewesen sein. Bruder Walcott behauptete stets, er müsse dich geschlagen haben.«

»Nein! Nein!« unterbrach Bella sie. »George Castner war nie brutal, nie roh. Oft hätte ich fast gewünscht, er wäre es. Nie hat er Hand an mich gelegt. Nie – oh, du kannst mir glauben. Bitte, Schwester, glaub es mir –, nie ist ein heftiges, ein böses Wort zwischen uns gefallen. Aber sein Haus, unser Haus in Nahala war grau. Es war grau von Farbe und kühl und frostig, während ich von allen Farben der Sonne, der Erde, des Blutes und der Geburt leuchtete. Es war sehr kalt, grau und kalt, mit diesem meinem grauen kalten Gatten in Nahala. Du weißt, daß er grau war, Martha. Grau wie die Porträts von

Emerson, die sie uns in der Schule zeigten. Seine Haut war grau. Sonne und Wetter und ein Leben von früh bis spät im Sattel konnten ihn nicht bräunen. Und innen war er ebenso grau wie außen.

Und ich war neunzehn, als Onkel Robert die Heirat beschloß. Was wußte ich? Onkel Robert sprach mit mir. Er zeigte mir, wie der Reichtum und der Besitz auf Hawaii in die Hände der Haolen überzugehen begann. Die hawaiischen Prinzessinnen, die Haolen geheiratet hatten, sahen ihren Besitz unter der Verwaltung ihrer Gatten glücklich anwachsen. Er wies auf unsern Großvater Roger Wilton hin, der die armseligen Maukaländereien unserer Großmutter vermehrt und die Kilohana-Ranch auf ihnen erbaut hatte –«

»Selbst dann noch kam sie erst an zweiter Stelle nach der Parker-Ranch«, unterbrach Martha sie stolz.

»Und dann sagte er mir, wenn unser Vater vor seinem Tode nur halb so weitschauend wie Großvater gewesen wäre, so würde er die Hälfte von dem damaligen Besitz Parkers zu Kilohana hinzugefügt haben, und Kilohana wäre die erste gewesen. Und er sagte, daß Rindfleisch nie im Leben im Preise steigen würde, und daß die Zukunft Hawaiis im Zucker läge. Das ist fünfzig Jahre her, und er hat recht behalten. Und er sagte, daß der junge Haole George Castner Weitblick und Energie besäße, daß es viele Mädchen gäbe, und daß meine Zukunft glänzend gesichert wäre, wenn ich George heiratete.

Ich war erst neunzehn, hatte gerade die Königliche Schule durchgemacht – damals wurden unsere Töchter noch nicht zur Erziehung nach den Vereinigten Staaten geschickt. Du, Schwester Martha, warst eine der ersten, die auf dem Festland erzogen wurden. Und was wußte ich von Liebe und von Liebenden, was gar von Heirat? Alle Frauen heirateten – das war ihr Beruf hier im Leben. Mutter und Großmutter – alle, soweit ich zurückdenken konnte, hatten geheiratet. Mein Beruf im Leben war es, George Castner zu heiraten. Das sagte Onkel Robert, und ich wußte, daß er sehr klug war. Und ich ging, um mit meinem Gatten in dem grauen Hause zu Nahala zu leben. Du weißt noch: Kein Baum, nur die wogende Grassteppe, dahinter die hohen Berge, drunten Meer und Wind! Der Waimea- und der Nahala-Wind, beide kamen sie zu uns, und der Kona-Wind auch. Aber daraus machte ich mir wenig, nicht mehr als ich mir in Kilohana daraus gemacht hatte, oder als sie sich in Mana daraus machten, wäre Nahala selbst nicht so grau gewesen, und wäre mein Gatte George nicht so grau gewesen. Wir waren allein. Er verwaltete Nahala für die Glenns, die nach Schottland zurückgegangen waren. Er bekam achtzehnhundert jährlich, dazu Fleisch, Pferde, Bedienungen und Wohnung.«

»Das war ein hohes Gehalt damals«, sagte Martha. »Aber für George Castner und das, was er leistete, war es sehr wenig«, verteidigte Bella ihn. »Ich lebte drei Jahre lang mit ihm zusammen. Kein Morgen fand ihn nach halb fünf noch im Bett. Er war von Eifer für seine Brotgeber beseelt. Bis auf den Pfennig ehrlich in seinen Abrechnungen, gab er ihnen seine Zeit und seine Kraft in vollstem Maße. Vielleicht war es auch das, was unser Leben so grau machte. Aber höre, Schwester Martha! Von seinen achtzehnhundert legte er jedes Jahr sechzehnhundert beiseite. Stell dir das vor: Wir beide lebten von zweihundert jährlich. Glücklicherweise trank er nicht und rauchte nicht. Kleiden taten wir uns auch davon. Ich nähte mir meine Kleider selbst. Du kannst dir vorstellen, wie sie aussahen. Die Cowboys hackten Holz, alle übrige Hausarbeit verrichtete ich. Ich kochte und buk und schrubbte –«

»Und dabei hattest du von deiner Geburt an nie selbst eine Hand gerührt«, sagte Martha mitleidig. »Immer war ein ganzes Regiment Diener in Kilohana!«

»Oh, aber das Schlimmste war die nackte, quälende Knappheit!« rief Bella. »Wie ich ein Pfund Kaffee strecken mußte! Wie ein Besen verbraucht werden sollte, ehe ein neuer angeschafft wurde! Und dieses Rindfleisch! Frisches Rindfleisch morgens, mittags und abends! Und Haferflocken! Nie habe ich seither Haferflocken oder ähnliches essen können!«

Sie stand plötzlich auf und entfernte sich ein Dutzend Schritte, um mit leeren Blicken in die in verschwenderischer Farbenpracht prangende Tiefe zu starren und Zeit zu gewinnen, sich zu fassen. Dann kam sie zurück, hochbrüstig und den edlen Kopf erhoben, in der prachtvollen, sicheren, anmutigen Haltung, die nichts der Hawaiianerin zu rauben vermag. Sehr haolisch war Bella Castner, zarthäutig, feingliedrig. Als sie aber jetzt, hocherhobenen Hauptes, den Blick ihrer länglichen Augen von den königlichen Bogen der Brauen beschattet und mit den sanft geschwungenen Linien ihres kleinen Mundes, der noch heute, mit achtundsechzig Jahren in seiner Schönheit von der Süße von Küssen erzählte, als sie jetzt angeschritten kam, war sie in allem das echte Bild einer Königin von altem Hawaiistamme, der durch den Überschuß ihres Haolenblutes hindurchbrach. Größer war sie als ihre Schwester Martha und, wenn möglich, noch königlicher. »Wir waren wegen unseres knappen Essens bekannt, weißt du!« Bella lachte leise. »Es waren viele Meilen von Nahala bis zur nächsten Behausung. Reisende, die sich verspätet hatten oder vom Sturm überrascht wurden, übernachteten gelegentlich bei uns. Und du weißt, welche Verschwendung damals auf den großen Gehöften getrieben wurde und noch getrieben wird. Wir wurden eine Zielscheibe des Spottes. ›Was kümmert das uns!‹ pflegte George zu sagen. ›Sie leben heute, aber in zwanzig Jahren wird die Reihe an uns sein, Bella. Dann werden sie sein, wo wir jetzt sind, und werden uns aus der Hand fressen. Wir werden sie füttern müssen, und wir werden sie gut füttern; denn wir werden reich sein, Bella, so reich, daß ich mich fürchte, es dir zu sagen. Aber ich weiß, was ich weiß, und du mußt Vertrauen zu mir haben.‹

George hatte recht. Zwanzig Jahre später hatte ich ein Einkommen von tausend Dollar monatlich, wenn er es auch nicht mehr erlebte. Du meine Güte! Wieviel es heute ist, weiß ich nicht. Aber ich war erst neunzehn, und ich sagte immer zu George: ›Jetzt! Jetzt! Wir leben jetzt. In zwanzig Jahren leben wir vielleicht gar nicht mehr. Ich brauche einen neuen Besen. Und es gibt einen Kaffee, eine mäßige Kaffeesorte, die nur zwei Cent das Pfund mehr kostet als das furchtbare Zeugs, das wir jetzt trinken. Warum darf ich jetzt nicht Eier in Butter braten? Ich möchte doch so gern ein neues Tischtuch haben. Unsere Wäsche! Ich schäme mich, einen Gast auf die Bettlaken zu legen, wenn auch, weiß Gott, selten genug einer zu kommen wagt.‹

›Hab nur Geduld, Bella‹, pflegte er zu antworten. ›Bald, in wenigen Jahren, werden die, die sich jetzt über uns aufhalten, an unserm Tisch sitzen, auf unsern Bettlaken schlafen und stolz sein, wenn wir sie einladen – soweit sie nicht gestorben sind. Du weißt doch noch, wie Stevens voriges Jahr auszog – leichtlebig und aller Welt Freund, nur sein eigener nicht. Die Leute in Kogala mußten ihn dann begraben, denn er hinterließ nichts als Schulden. Achte nur darauf: die andern gehen den gleichen Weg. Dein Bruder Hal zum Beispiel. Bei dem Leben, das er führt, dauert es keine fünf Jahre mehr mit ihm, und es wird seinem Onkel das Herz brechen. Oder Prinz Lilolilo. Galoppiert an mir vorbei mit einer Kavalkade von fünfzig Kanaken, die besser täten, tüchtig zu arbeiten und an ihre Zukunft zu denken, denn er wird nie König von Hawaii werden. Das wird er nicht erleben.‹

George hatte recht, Bruder Hal starb, und Prinz Lilolilo auch. Aber ganz recht hatte George doch nicht. Er, der weder rauchte noch trank, der nie eine unnötige Bewegung auf eine Umarmung verschwendete, seine Lippen nie eine Sekunde länger als zu den oberflächlichen Gewohnheitsküssen benutzte, er, der unabänderlich vor dem ersten Hahnenschrei auf war und schlief, ehe die Petroleumlampe sich ein Zehntel geleert hatte, er, der nie ans Sterben gedacht hatte, starb noch schneller als Onkel Hal und Prinz Lilolilo.

›Hab Geduld, Bella‹, pflegte Onkel Robert zu mir zu sagen. ›George Castner ist der kommende Mann. Ich habe gut für dich gewählt. Dein Ungemach ist nur der steinige Weg ins gelobte Land. Nicht immer werden die Hawaiianer in Hawaii herrschen. Wie sie sich ihren Reichtum aus den Händen entgleiten lassen, so wird ihnen auch die Herrschaft entgleiten. Politische Macht und Landbesitz gehen stets Hand in Hand. Große Änderungen werden kommen, Revolutionen, keiner weiß, welche und wie viele, nur daß am Ende die Haolen das Land und die Herrschaft besitzen werden. Und dann wirst du vielleicht die erste Frau Hawaiis sein, denn sicher wird George Castner Regent der Inseln sein. So ist es stets, wo die Haolen mit den leichtblütigeren Rassen kämpfen. Ich, dein Onkel Robert, ein halber Hawaiianer und ein halber Haole, ich weiß, was ich sage. Hab Geduld, Bella, hab Geduld!‹

›Liebe Bella‹, pflegte Onkel John zu sagen, und ich wußte, daß sein Herz zärtlich für mich schlug. Gott sei Dank ermahnte er mich nie zur Geduld. Er wußte Bescheid. Er war sehr weise. Er war arm und menschlich und darum klüger als Onkel Robert und George Castner, die nur den Gegenstand suchten und nicht den Geist, denen die Zahlen des Hauptbuches wichtiger waren als die Schläge des Herzens, und die über langen Rechnungen Umarmungen und Liebkosungen vergaßen. ›Liebe Bella‹, pflegte Onkel John zu sagen. Und er wußte Bescheid. Du hast wohl gehört, daß er der Geliebte der Prinzessin Naomi war. Er war ein treuer Liebhaber. Er hat nie wieder geliebt. Nach ihrem Tode sagten sie, daß er überspannt sei. Er war *der* Liebhaber, einmal und immer. Erinnerst du dich an das Tabuzimmer in Kilohana, das wir erst nach seinem Tode betraten, und das ihr Reliquienschrein war? ›Liebe Bella.‹ Mehr sagte er nicht, aber ich wußte, daß er verstand. Und ich war neunzehn und eine sonnenwarme Hawaiianerin, trotz den drei Vierteln Haolenblut in meinen Adern, und ich kannte nichts außer der Pracht meiner Mädchenzeit zu Kilohana und meiner Erziehung in der Königlichen Schule in Honolulu, meinem grauen Gatten in Nahala mit seinen grauen Predigten und Vorträgen über Nüchternheit und Sparsamkeit und den beiden kinderlosen Onkeln – der eine mit seinen fernen, kalten Visionen, der andere mit dem gebrochenen Herzen des ewig träumenden Liebhabers einer toten Prinzessin.

Denk an das graue Haus! Und ich hatte das leichte Leben, die Freuden und das ewige Lachen von Kilohana, von den Parkers auf Alt-Mana und von Puuwaawaa gekannt! Du erinnerst dich! Wir lebten damals wie die Fürsten. Willst du, kannst du mir glauben, Martha: Die einzige Nähmaschine, die ich in Nahala hatte, war eine, die

die früheren Missionare herübergebracht hatten, ein kleines, verrücktes Ding, das mit einer Handkurbel bedient werden mußte!

Robert und John hatten meinem Gatten bei meiner Heirat jeder fünftausend Dollar gegeben. Aber George bat, es geheimzuhalten. Nur wir vier wußten davon. Und während ich auf dieser verrückten kleinen Maschine meine billigen Holokus nähte, kaufte er für mein Geld Grundbesitz – die oberen Nahalaländereien, weißt du –, immer nur wenig auf einmal, jeder Kauf ein hartnäckiger Handel, wobei sein Gesicht lauter Armut ausdrückte. Heute bringt mir der Nahalagraben allein vierzigtausend jährlich. Aber war es das wert? Ich hungerte. Wenn er mich nur ein einziges Mal toll in seine Arme gepreßt hätte! Wenn er nur ein einziges Mal fünf Minuten von seinen Geschäften oder seiner Treue gegen seine Brotgeber gestohlen und mir geschenkt hätte! Manchmal hätte ich schreien, ihm die ewige Schüssel Haferflocken ins Gesicht schütten oder die Nähmaschine auf den Boden schmettern und eine Hula darüber tanzen können, nur um ihn aufzubringen, daß er seine Ruhe verlöre und Mensch würde, ein brutaler Mensch, ein Mann statt des gefrorenen Halbgottes.«

Der traurige Ausdruck Bellas schwand, und sie lachte aus vollem Halse in der reinen Echtheit froher Erinnerungen. »Aber wenn ich in solcher Stimmung war, pflegte er mich mit seinen Blicken zu mustern, fühlte mir feierlich den Puls, besah meine Zunge, gab mir Rizinusöl, steckte mich früh mit einer Wärmflasche ins Bett und versicherte mir, daß ich mich am nächsten Tag besser fühlen werde. Früh ins Bett! Für uns war es eine Ausschweifung, wenn wir bis neun Uhr aufsaßen! Unsere gewohnte Schlafenszeit war acht. Er sparte Petroleum. Wir kannten kein Mittagessen in Nahala – erinnerst du dich der großen Tafel in Kilohana, an der wir aßen? Aber George und ich aßen Abendbrot. Und danach pflegte er am Tisch dicht vor der Lampe zu sitzen und eine Stunde in alten, entliehenen Magazinen zu lesen, während ich ihm gegenüber saß und Strümpfe und Unterwäsche stopfte. Er trug immer billige, schlechte Stoffe. Und sobald er zu Bett ging, mußte auch ich zu Bett gehen. Kein Petroleum durfte verschwendet werden. Und zu Bett ging er immer auf dieselbe Weise; er zog die Uhr auf, notierte das Wetter des betreffenden Tages in seinem Tagebuch, zog sich die Schuhe aus, unabänderlich zuerst den rechten und dann den linken, und stellte sie ebenso Seite an Seite am Fußende des Bettes neben sich auf den Fußboden.

Er war der sauberste Mann, den ich je gekannt habe. Nie trug er dasselbe Unterzeug zweimal. Ich selbst mußte die Wäsche besorgen. Er war so sauber, daß es weh tat. Er rasierte sich zweimal täglich und verbrauchte für seinen Körper mehr Wasser als ein Kanake. Er leistete die Arbeit von zwei Haolen. Und ich sah, welche Zukunft das Wasser von Nahala hatte.«

»Er machte dich reich, aber er machte dich nicht glücklich«, meinte Martha.

Bella seufzte und nickte.

»Was ist Reichtum am Ende, Schwester Martha? Meinen neuen Wagen habe ich auf dem Dampfer mitgebracht; es ist mein dritter in zwei Jahren. Aber was sind alle Automobile, was ist aller Reichtum gegen einen Liebenden? – Gegen den *einen* Liebenden, den *einen* Kameraden, an dessen Seite man arbeitet, leidet, glücklich ist – den Gatten . . .«

Ihre Stimme verklang, und die Schwestern saßen ein Weilchen schweigend da; eine alte Frau, eingeschrumpft und gekrümmt von einem hundertjährigen Leben, kam über den Rasen zu ihnen gehumpelt. Ihre verwitterten Augen, kaum mehr als Gucklöcher, waren scharf wie die eines Mungos. Zu Bellas Füßen sank sie nieder, murmelte und sang mit ihrem zahnlosen Munde in reinem Hawaiisch einen Mele über Bella und ihre Vorfahren und fügte aus dem Stegreif einen Willkommensgruß zu ihrer Rückkehr von der weiten Reise über das große Meer nach Kalifornien und zurück nach Hawaii hinzu. Und während sie ihren Mele sang, machten die dürren Finger der alten Frau bei ihr Lomi, das heißt, sie massierten die seidenbestrumpften Beine Bellas vom Knöchel bis zur Wade, zum Knie und zum Schenkel.

Die Augen Bellas und Marthas schimmerten feucht, als die alte Vasallin Lomi und Mele bei Martha wiederholte, und als sie mit ihr in der alten Sprache redeten und die unsterblichen Fragen nach ihrer Gesundheit, ihrem Alter und ihren Urenkeln an sie stellten, die schon Lomi an ihnen gemacht hatte, als sie noch kleine Kinder in dem großen Hause zu Kilohana gewesen waren, wie die Vorfahren der Alten an den Vorfahren Bellas und Marthas undenkliche Generationen zurück Lomi gemacht hatten. Als die Alte ihre Pflicht getan hatte, erhob sich Martha, begleitete sie nach dem Hause, steckte ihr Geld in die Hand und befahl dem stolzen, schönen japanischen Hausmädchen, der gebrechlichen Ureinwohnerin des Landes mit dem aus den Wurzeln der Wasserlilie bereiteten Poi, mit Iamaka – rohem Fisch –, mit zerstoßener Kukuinuß und mit Limu, der leichtverdaulichen, schmackhaften, aus Seegras bereiteten Speise für Zahnlose, aufzuwarten. Es waren die alten Bande, die Treue des Volkes gegen seinen Herrscher, die Fürsorge des Häuptlings für seine Untertanen. Und Martha, deren Blut zu drei Vierteln das angelsächsische des Neuengländers war, wurde zur Vollblut-Hawaiianerin in der Erinnerung an die alten Sitten und Zeiten und ihre Wiederbelebung.

Als sie jetzt über den Rasen zum Haubaum zurückschritt, sahen Bellas Augen, wie echt ihre Bewegungen und ihr Blut waren, und sie umarmte sie voller Liebe. Kleiner als Bella war Martha, um ein winziges kleiner, und auch um ein winziges weniger königlich in ihrer Erscheinung; aber ihre Gestalt war schön und edel, die Jahre hatten ihre Schönheit nur gereift, und wie eine polynesische Fürstin schritt sie jetzt unter den wallenden Linien eines prächtigen, schwarzseidenen, mit schwarzer Spitze besetzten Holokus daher, das kostbarer als eine Pariser Modeschöpfung war.

Und als die beiden Schwestern jetzt ihr Gespräch fortsetzten, würde jeder Beobachter die schlagende Ähnlichkeit ihrer reinen, geraden Profile, ihrer breiten Backenknochen und ihrer breiten, hohen Stirnen, der Fülle ihres eisgrauen Haares und der süßen Lippen ihres von jahrzehntelangem, sicherem Stolz gezeichneten Mundes und der schmalen lieblichen Brauen über den ebenso lieblichen länglichen braunen Augen bemerkt haben. Die Hände beider hatte das Alter kaum verändert oder gar zerstört, sie waren wundervoll mit ihren schlanken Fingern, die alte Hawaiianerinnen, gleich der, welche jetzt Poi, Iamaka und Limu im Hause aß, ihnen von klein auf massiert hatten.

»So ging es ein Jahr«, nahm Bella ihre Erzählung wieder auf, »und da, weißt du, begann alles sich einzurenken. Ich fühlte mich schon zu meinem Gatten George hingezogen, Frauen sind einmal so, und ich war ja eine Frau. Denn im Grunde war er gut. Er war gerecht. Ich begann, mich zu ihm hingezogen zu fühlen, ihn zu schätzen, ja, fast möchte ich sagen, zu lieben. Und hätte Onkel John mir nicht das Pferd geliehen, so würde ich, das weiß ich, ihn wirklich geliebt und glücklich mit ihm gelebt haben – ein ruhiges Glück natürlich.

Ich wußte eben nichts sonst, nichts anderes, nichts Besseres von den Männern. Es kam so weit, daß ich ihn fröhlich über den Tisch ansah, wenn er in der kurzen Stunde zwischen Abendbrot und Schlafengehen las, und daß ich fröhlich auf das Getrappel der Pferdehufe lauschte, wenn er nachts von seinen endlosen Ritten über die Ranch heimkam. Und sein spärliches Lob war wirklich Lob für mich, das mich glücklich prickelte – ja, Schwester Martha, ich wußte, was es hieß, unter seinem pedantisch-gerechten Lob zu erröten, wenn ich etwas recht gemacht hatte.

Und alles wäre gutgegangen bis ans Ende der uns gemeinsam beschiedenen Tage, wäre er nicht mit dem Dampfer nach Honolulu gefahren Er wollte vierzehn Tage oder länger fortbleiben, zuerst geschäftliche Fragen für die Glenns regeln, um dann im eigenen Interesse noch weiteres Gelände in Ober-Nahala zu kaufen. Weißt du, er kaufte eine Menge von dem unaufgeschlossenen Hügelland, das nichts bietet außer Wasser, eben das Herz der Wasserscheide, für den niedrigen Preis von fünfzehn Cent den Morgen. Und da meinte er, daß mir eine Abwechslung gut täte. Ich wollte ihn nicht nach Honolulu begleiten. Aber mit Rücksicht auf die Ausgaben bestimmte er, daß ich nach Kilohana gehen sollte. Nicht nur, daß der Besuch in meinem alten Heim ihn nichts kostete, er sparte auch noch die Kosten für das bißchen Essen. Wäre ich allein in Nahala geblieben, so hätte ich essen müssen, und für das Geld konnte er noch mehr Grund und Boden kaufen. Und in Kilohana willigte Onkel John ein und lieh mir das Pferd.

Ach, die ersten Tage nach meiner Heimkehr fühlte ich mich wie im Himmel. Zuerst wurde es mir schwer zu glauben, daß es so viel zu essen in der Welt gab. Die ungeheure Verschwendung der Küche erschreckte mich. So gut war ich durch meinen Gatten George erzogen, daß ich in allem Verschwendung sah. Mein Gott, in den Gesindestuben aßen die alten Verwandten der Dienerschaft und Schmarotzer besser, als George und ich je gegessen hatten. Du erinnerst dich, wie wir in Kilohana lebten, ebenso wie bei den Parkers, wo zu jeder Mahlzeit ein Ochse geschlachtet wurde und Läufer aus den Teichen von Waipie und Kiholo frische Fische holten, immer das Beste und Seltenste, was es gab . . . Und die Liebe in unserer Familie! Du weißt, wie Onkel John war. Und Bruder Walcott war da und Bruder Edward und alle jüngeren Schwestern – nur du und Sally, ihr wart in der Schule. Und Tante Elisabeth und Tante Janet mit ihrem Mann und ihren Kindern waren zu Besuch da. Es gab nichts als Umarmungen und Zärtlichkeiten, und alles das hatte ich die zwölf langen Monate entbehrt. Ich dürstete danach. Ich war wie ein Überlebender aus offenem Boot, der auf dem Strande niedersinkt und aus dem sprudelnden Quell an den Wurzeln der Palme schlürft.

Und da kam sie, kam von Kawaihae heraufgeritten, wo sie die königliche Jacht verlassen hatte, die ganze prächtige Kavalkade, immer zu zweien, mit Blumen geschmückt, dreißig junge, glückliche und heitere Menschen, auf den Pferden der Parker-Ranch, dazu hundert Cowboys von der Parker-Ranch und ein ebenso großes eigenes Gefolge, ein königlicher Zug. Es war Prinzessin Lihue, von der wir alle wußten, daß sie an der schrecklichen Schwindsucht dahinsiechte; aber sie war in Begleitung ihres Neffen, des Prinzen Lilolilo, dem man überall als dem künftigen König zujubelte, und seiner Brüder,

der Prinzen Kahekili und Kamalau. Und mit der Prinzessin kam Ella Higginsworth, die durch ihre Abstammung von Kauai höhere Ansprüche auf den Thron hätte geltend machen können als die königliche Familie selbst, und Dora Niles und Emily Lowcroft und ... doch warum sie alle aufzählen! Ella Higginsworth und ich waren Stubenkameradinnen in der Königlichen Schule gewesen. Und für eine Stunde hielten sie Rast – es gab kein Luau, denn das Luau erwartete sie bei den Parkers, aber Bier und kräftigere Getränke für die Männer und Limonade, Orangen und erfrischende Wassermelonen für die Frauen. Und Ella Higginsworth und die Prinzessin, die sich meiner erinnerte, und alle andern Frauen und Mädchen umarmten mich, und Ella sprach mit der Prinzessin, und die Prinzessin lud mich selbst ein, sie zu begleiten, ich sollte in Mana zu ihnen stoßen, von wo sie zwei Tage später aufbrechen wollten. Und ich war wie von Sinnen – ich, die ich einer Gefangenschaft von zwölf Monaten im grauen Nahala entronnen war. Und ich war erst neunzehn, eben in dieser Woche sollte ich zwanzig werden. Und ich bat Onkel John, mir ein Pferd zu leihen, was natürlich drei bedeutete – ein Cowboy zu Pferde und ein Saumpferd mußten mich begleiten. Damals gab es noch keine Eisenbahnen und keine Automobile. Und das Pferd, das Onkel John mir gab! Es war Hilo. Du wirst dich nicht erinnern. Du warst damals auf der Schule, und als du im nächsten Jahr heimkamst, hatte er beim Einfangen von wildem Vieh auf den Hängen des Mauna Kea sich das Rückgrat und seinem Reiter das Genick gebrochen. Du hast wohl davon gehört – von diesem jungen amerikanischen Seeoffizier.«

»Leutnant Bowsfield«, nickte Martha.

»Hilo aber – ich war die erste Frau, die je auf seinem Rücken saß. Er war drei, beinahe vier Jahre alt und eben zugeritten. So schwarz und schimmernd war sein Fell, daß die hellen Lichter darauf wie Silber glänzten. Er war das größte Reitpferd auf der Ranch, stammte von Sparklingdow ab, der dem König gehörte, seine Mutter war von gleicher Klasse, und noch vor vierzehn Tagen hatte er wild an seinem Strick gezerrt. Nie hatte ich ein so schönes Pferd gesehen. Er hatte die tiefe Brust und die prachtvollen Proportionen des idealen Gebirgsponys, und Kopf und Hals verrieten die reine Abstammung. Er war schlank und doch voll, mit reizenden beweglichen Ohren, nicht zu klein, aber auch nicht zu groß wie die eines störrischen Maulesels. Und auch seine Beine und Füße waren tadellos, sicher und fest, mit langen elastischen Fesseln, die ihn unter dem Sattel zu einem Wunder von Leichtigkeit machen.«

»Ich entsinne mich, gehört zu haben, wie Prinz Lilolilo zu Onkel

John sagte, daß du die beste Reiterin in ganz Hawaii seiest«, unterbrach Martha sie. »Das war zwei Jahre später, als ich die Schule verlassen hatte, ihr aber noch in Nahala lebtet.«

»Das sagte Lilolilo!« rief Bella. Ihre braunen Augen leuchteten beinahe wie in einem Erröten, als sie jetzt die Jahre überbrückte und ihres Geliebten gedachte, der fast ein halbes Jahrhundert tot und Staub war. Mit der bescheidenen Sanftmut der Hawaiianerin verbarg sie die unwillkürliche Preisgabe ihres Herzens hinter einem gesteigerten Loblied auf Hilo.

»Ach, wenn er die langen Rasenhänge mit mir hinauf- und hinablief, so war es wie in einem Traum, denn er sprang wie ein Reh, ein Kaninchen, ein Terrier über das Gras hinweg – du kennst das. Und wenn er Kapriolen machte und sich bäumte! Er war ein Pferd für einen General, für einen Napoleon oder einen Kitchener! Und sein Blick war nie böse, sondern schalkhaft, wie wenn er sich über einen Witz freute und lachen wollte. Und ich bat Onkel John, mir Hilo zu leihen. Und Onkel John sah mich an, und ich sah ihn an; und wenn er es auch nicht aussprach, so fühlte ich doch, daß er im Geiste ›liebe Bella‹ sagte, und ich wußte, daß er stets, wenn er mit mir sprach, an Prinzessin Naomi dachte. Und Onkel John sagte ja. Und so geschah es.

Aber er bestand darauf, daß ich einen Versuch mit Hilo machte – ich persönlich, ganz für mich. Er war schwer zu bändigen, herrlich schwer. Aber böse oder gar tückisch war er nicht. Immer wieder verlor ich ihn aus der Hand, aber ich ließ es ihn nicht merken. Ich hatte keine Furcht, und das half mir, ihm das Gefühl beizubringen, daß meine Gedanken ihm immer einen Sprung voraus waren. Ich habe oft darüber nachgedacht, ob Onkel John sich wohl träumen ließ, was geschehen konnte. So viel weiß ich, daß ich selbst nicht daran dachte an dem Tage, als ich fortritt, um mich der Prinzessin in Mana anzuschließen. Noch nie waren solche Feste dort gefeiert worden. Du kennst die großzügige Gastfreundschaft der Parker. Die Jagd auf Wildschweine und wildes Vieh, das Zureiten und Brennen der Pferde. Die Dienerschaftswohnungen waren überfüllt. Von allen Seiten waren die Cowboys der Parker herbeigeströmt. Und alle Mädchen von Waimea waren gekommen, und die Mädchen von Waipio und Honokaa und Paauilo – ich kann sie noch vor mir sehen, wie sie in langen Reihen auf den steinernen Einfriedungen saßen und ›Leis‹ (Blumengirlanden) für ihre Liebhaber unter den Cowboys wanden. Und diese Nächte, die duftenden Nächte, das Singen der Meles und das Tanzen der Hulas und die weiten Managründe, wo die Liebenden sich paarweise unter den Bäumen ergingen.

Und der Prinz . . .« Bella schwieg, und während einer langen Minute bohrten sich ihre feinen kleinen Zähne tief in die Unterlippe, während sie sich mit Mühe beherrschte und den verschleierten Blick über den fernen blauen Horizont schweifen ließ. Dann sah sie mit einem Seufzer wieder auf ihre Schwester.

»Er war ein Prinz, Martha. Du hast ihn in Kilohana gesehen, bevor . . . nein, als du vom Seminar heimkamst. Er war eine Augenweide für jede Frau, und für jeden Mann auch. Er war fünfundzwanzig Jahre alt und stand in der ganzen Pracht männlicher Reife, groß und königlich an Körper, wie er groß und königlich an Geist war. So ausgelassen auch das Vergnügen, so wild der Sport war, er schien nie zu vergessen, daß er von königlichem Geblüt war, und daß all seine Vorfahren hohe Häuptlinge gewesen waren bis hinauf zu dem ersten, von dem sie in den Stammesliedern sangen, und der mit seinen Doppelkanus bis nach Tahiti und Raiatea gefahren war. Er war anmutig, lieb, freundlich, kameradschaftlich und freundschaftlich – und er konnte streng und hart sein, wenn er gekränkt wurde. Ich kann es schwer ausdrücken. Er war ein Mann, ein Mann durch und durch, und ganz Prinz mit einem Anflug von knabenhafter Fröhlichkeit, und das Rückgrat, das er besaß, würde ihn zu einem guten und starken König gemacht haben, wenn er auf den Thron von Hawaii gelangt wäre.

Ich sehe ihn noch vor mir, wie ich ihn an jenem ersten Tage sah, als ich seine Hand berührte und mit ihm sprach . . . wenige Worte nur und scheu, wie eben eine Frau spricht, die mit einem grauen Haolen im grauen Nahala verheiratet ist. Um ein halbes Jahrhundert liegt sie zurück, diese Begegnung – du erinnerst dich, wie unsere Jünglinge damals gekleidet gingen: weiße Schuhe und Beinkleider, weißseidene Hemden, und um den Leib die farbenprächtige Schärpe – und ein halbes Jahrhundert lang ist dieses Bild nicht aus meinem Herzen gewichen. Er stand inmitten einer Gruppe auf dem Rasen. Und Ella Higginsworth wollte mich gerade vorstellen. Prinzessin Lihue hatte ihr irgendeine Neckerei zugerufen, und um zu antworten, blieb sie stehen. So standen wir beide gerade vor ihr.

Sein Blick fiel zufällig auf mich, wie ich allein und verwirrt dastand. Ach, wie ich ihn vor mir sehe! – den Kopf leicht zurückgeworfen, in seiner prachtvollen, königlich sorglosen Haltung. Er neigte den Kopf oder richtete seinen Blick auf mich – ich weiß nicht, was geschah. Befahl er? Gehorchte ich? Ich weiß es nicht. Ich weiß nur, daß ich gut anzuschauen war, wie ich dastand, mit zartem Maile bekränzt in dem wundervollen Holoku der Prinzessin Naomi, das Onkel John mir aus seinem Taburaum geliehen hatte; und ich weiß, daß ich ganz allein über den Rasen auf ihn zuschritt, und daß er sich aus der Gruppe löste und auf mich zukam, um mir auf halbem Wege zu begegnen. Über den Rasen hinweg gingen wir, alles vergessend, aufeinander zu, wie wenn wir quer durch unser Leben schritten.

War ich sehr schön, Schwester Martha, als ich jung war? Ich weiß es nicht. Aber in diesem Augenblick, als er in seiner Schönheit und seiner wahrhaft königlichen Männlichkeit auf mich zuschritt und in mein Herz eindrang, wurde ich mir plötzlich meiner eigenen Schönheit bewußt – wie soll ich es ausdrücken? – Wie wenn er seine eigene Vollkommenheit ausstrahlte und in mir zum Leben erweckte.

Kein Wort fiel. Aber, ach, ich weiß, daß mein Antlitz sich zu offener Antwort auf den Drommetenklang der unausgesprochenen Botschaft erhob, und daß, hätte in diesem einzigen Augenblick und diesem einzigen Nu der Tod gelegen, ich mich nicht hätte zurückhalten können, mich ihm zu schenken in dem, was mein Gesicht und meine Augen, ja selbst mein tief atmender Körper ausdrückten.

War ich schön, sehr schön, Martha, als ich neunzehn war und gerade zwanzig werden sollte?«

Und Martha, die Vierundsechzigjährige, sah Bella, die Achtundsechzigjährige, an und nickte bestätigend, und zu ihr selber sprach, was sie in diesem Augenblick sah – Bellas noch voller, schöngeformter Hals, länger als der der Hawaiianerin im allgemeinen, und von ihm gestützt, das königliche Haupt mit dem vollen, hochstirnigen Antlitz; Bellas hochgestecktes, dichtes Haar, das, leuchtend vom Silber der Jahre und immer noch lockig, einen starken Kontrast zu ihren feingezeichneten schwarzen Brauen und ihren tiefbraunen Augen bildete. Und Martha ließ, ihre Scheu besiegend, ihren Blick über die prachtvolle Brust und die edlen Linien der Gestalt Bellas bis zu den in hohen seidenen Stöckelschuhen steckenden kleinen, kräftigen Füßen gleiten, die mit fast spanischer Grandezza dahinzuschreiten verstanden.

»Wenn man jung ist, in der einzigen Zeit der Jugend!« lachte Bella. »Lilolilo war Prinz. Ich sollte jeden seiner Züge in jeder Phase kennenlernen . . . später, in unseren Wintertagen und -nächten an den singenden Wassern, an der einschläfernden Brandung und auf den Bergpfaden. Ich kannte seine schönen, mutigen Augen mit den geraden schwarzen Brauen, mit der Nase, die sicher die Nase Kamehamehas war, und die letzte, feinste geliebte Schwingung seines Mundes. Es gibt keinen schöneren Mund, Martha, als den hawaiischen.

Und sein Körper! Er war ein fürstlicher Athlet, von seinem lockeren, störrischen Haar bis zu seinen Knöcheln aus Stahlbronze. Gerade neulich hörte ich, wie man von einem Enkel von Wilder als dem ›Prinzen von Harvard‹ sprach. Lieber Gott, wenn sie Lilolilo gekannt hätten! Was war dieser junge Wilder, was war ganz Harvard gegen ihn!«

Bella schwieg tief atmend, während sie ihre feine, kleine Hand in den Schoß ihres weiten, seidenen Gewandes sinken ließ. Aber sie errötete leicht, und ihre Augen wurden warm, als sie jetzt ihre Prinzentage wiedererlebte.

»Nun – du hast es erraten?« sagte Bella, zuckte herausfordernd die Achseln und sah ihrer Schwester gerade in die Augen. »Wir ritten vom heiteren Mana fort und setzten die heitere Reise fort – auf den Lavawegen hinab nach Kiholo, um zu schwimmen, zu fischen, Feste zu feiern und im warmen Sande unter den Palmen zu schlafen; und hinauf nach Puuwaawaa, um Schweine zu jagen und Wildschafe im oberen Weideland zu treiben; und weiter durch Kona, das jetzt Mauka (Bergan) heißt, abwärts nach dem Königspalast zu Kailua und zum Schwimmen nach Keauhau und nach der Pealakekua-Bucht und nach Nepoopoo und Honaunau. Und überall strömte das Volk herbei, in den Händen Blumen, Früchte, Fische und Schweine, und in den Herzen Liebe und Gesang, die Häupter neigten sich vor den königlichen Herrschaften, und von ihren Lippen ertönten Ausbrüche höchsten Erstaunens oder Meles aus alten, unvergeßlichen Zeiten.

Was soll ich mehr erzählen, Schwester Martha? Du weißt wie wir Hawaiianer sind. Du weißt, wie wir vor einem halben Jahrhundert waren. Lilolilo war herrlich. Ich war leichtsinnig. Lilolilo war der Mann, jede Frau leichtsinnig zu machen. Ich aber war doppelt leichtsinnig, denn das kalte, graue Nahala stand hinter mir. Ich wußte Bescheid, kannte keinen Zweifel, keine Hoffnung. Ehescheidungen waren damals unmöglich, selbst im Traum. Die Frau George Castners konnte nie Königin von Hawaii werden, selbst wenn die von Onkel Robert prophezeiten Revolutionen nicht kamen und Lilolilo König wurde. Aber ich dachte gar nicht an den Thron. Was ich wünschte, war, Königin in Lilolilos Leben, seine Genossin zu sein. Ich beging keinen Irrtum; was unmöglich war, war unmöglich, und ich träumte keine törichten Träume. Es war eine Atmosphäre der Liebe. Und Lilolilo liebte. Immer bekränzte er mich mit Leis, ließ sie mir durch seine Läufer den weiten Weg von den Rosengärten von Mana bringen: fünfzig Meilen weit über Lava und weite Strecken, taufrisch wie in dem Augenblick, da sie gepflückt worden waren, in ihren Schmuckkästchen aus Bananenrinde. Ellenlang waren sie, diese Schnüre aus winzigen rosa Blüten wie aufgereihte neapolitanische Korallen. Und bei den Luaus (Festen), den ewigen, nie endenden Festen mußte ich auf Lilolilos Matte, der prinzlichen Matte sitzen, die für jeden geringeren Sterblichen ein Tabu war, das nur seine Leutseligkeit und sein Wunsch lösen konnte. Und ich mußte meine Finger in seine eigene Pa Wai Holoi (Fingerschale) tauchen, in deren lauem Wasser duftende Blütenblätter schwammen. Ja, und unbesorgt, ob alle andern die mir gewährte Gunst sahen, mußte ich mir meine Prisen aus rotem Salz und Limu, Kukuinuß und Chilipfeffer aus seinem Pa Paakai nehmen und mit ihm aus seinem Ipu Kai aus Kouholz essen, aus dem der große Kamehameha selbst auf vielen ähnlichen Reisen gegessen hatte. Und ebenso war es mit den Gerichten, die nur für Lilolilo und die Prinzessin allein bereitet wurden – Nelu, Ake, Palu und Alaala. Und seine Kahilis wurden über mir geschwungen, und seine Diener waren die meinen, und er war mein; und von meinem blumengeschmückten Haar bis hinab zu meinen glücklichen Füßen war ich ein geliebtes Weib.«

Wieder preßten sich Bellas kleine Zähne in ihre Unterlippe, während sie ihren verschleierten Blick über das Meer schweifen ließ und um Selbstbeherrschung rang.

»Durch ganz Koana und Kau ging es, von Hoopulola und Kapua nach Honuapo und Punaluu, eine ganze Welt voll Erlebens in den Zeitraum von zwei kurzen Wochen eingepreßt. Eine Blume blüht nur einmal. Dies war meine Blütezeit. – Lilolilo neben mir, ich selbst auf meinem prächtigen Hilo, Königin, nicht von Hawaii, aber Lilolilos und der Liebe. Er nannte mich eine Seifenblase von Farbe und Schönheit auf dem schwarzen Rücken des Leviathans, einen zarten Tautropfen auf dem rauchenden Schaum der Lavaflut, einen auf einer Gewitterwolke reitenden Regenbogen . . .«

Bella schwieg einen Augenblick.

»Ich will dir nicht mehr von dem erzählen, was er sagte«, erklärte sie ernst. »Nur daß in dem, was er sagte, das Feuer der Liebe und der Inbegriff der Schönheit war, und daß er mir Hulas schrieb und sie mir vor allen andern vorsang, in den Sternennächten, wenn wir bei den Festen auf unsern Matten lagen – ich auf der Matte Lilolilos.

Und weiter ging es nach Kilauea – so nahe war der Traum seinem Ende. Und natürlich warfen wir dort, wo sich die Lava ins Meer ergießt, unsere Opfer für die Feuergottheit, Leis, Fische und harten Poi, in feuchte Blätter gewickelt, in den Abgrund. Und wir setzten unsere Reise durch Alt-Puna fort und feierten Feste und tanzten und sangen in Kohoualea und Kamaili und Opihikao und schwammen in den klaren Teichen von Kapana. Und schließlich kamen wir nach Hilo am Meere.

Das war das Ende. Nie hatten wir darüber gesprochen, aber wir wußten doch, daß es das Ende war. Die Jacht wartete. Wir hatten uns um mehrere Tage verspätet, Honolulu rief, und wir erfuhren, daß der König einem sonderbaren Pupule (Wahnsinn) verfallen war, daß die katholischen und die protestantischen Missionare sich verschworen hatten, und daß Verwicklungen mit Frankreich drohten. Wie sie zwei Wochen zuvor in Kawaihae gelandet waren, mit Gelächter, Blumen und Gesang, so brachen sie jetzt von Hilo auf. Es war ein fröhlicher Aufbruch voll Scherz und Lustigkeit und tausend letzten Botschaften, Ermahnungen und Scherzen. Der Anker wurde zu einem Abschiedslied der Singknaben Lilolilos auf dem Achterdeck gelichtet, während wir in den großen Kanus und Booten saßen, wie der erste Hauch die Segel des Fahrzeugs blähte und die Entfernung langsam wuchs. Und in all dem Gewirr und der Aufregung, im Hin und Her der Abschiedsgrüße und Scherze, stand Lilolilo an der Reling und blickte zu mir herab. Auf dem Kopfe trug er meine Ilima Lei, die ich für ihn gewunden und ihm aufgesetzt hatte. Und alle auf der Jacht begannen ihren Lieben in den Kanus ihre vielen Leis zuzuwerfen. Ich hatte kein Anrecht, darauf zu hoffen . . . Und doch hoffte ich, schweigend und ohne daß mein Gesicht, das so fröhlich wie das aller andern war, es verriet. Aber Lilolilo tat, was er, wie ich von der ersten Sekunde an gewußt hatte, tun mußte. Mir offen und ehrlich ins Auge blickend, nahm er meine schöne Ilima Lei vom Kopfe und zerriß sie. Ich sah, wie seine Lippen sich wölbten zu dem einzigen Wort ›Pau‹ (Ende), es aber nicht aussprachen. Die Stücke des Leis nochmals zerreißend, warf er sie herab, nicht mir zu, sondern in das immer mehr sich verbreiternde Wasser. Pau. Es war vorbei . . .«

Lange weilte der leere Blick Bellas auf dem Horizont über dem Meer. Martha wagte dem Mitgefühl, das ihre Augen netzte, keine Worte zu verleihen.

»Und ich ritt an diesem Tage auf dem schlechten alten Pfade die Hamakuaküste entlang«, berichtete Bella mit einer Stimme, die anfangs seltsam rauh und trocken war. »Dieser erste Tag war nicht so schwer. Ich war wie benommen. Ich war zu voll von all dem Wunderbaren, das ich vergessen mußte, um zu wissen, daß ich es vergessen mußte. Die Nacht verbrachte ich in Laupahoehoe. Weißt du, ich hatte eine schlaflose Nacht erwartet; statt dessen schlief ich, müde vom Reiten und immer noch benommen, die ganze Nacht wie eine Tote.

Aber der nächste Tag, bei Wind und Regen! Wie es wehte und goß! Der Weg war unpassierbar, immer wieder stolperten unsere

Pferde. Der Cowboy, den Onkel John mit den Pferden geliehen hatte, protestierte zuerst, dann folgte er mir durch dick und dünn, indem er den Kopf schüttelte und immer wieder murmelte, daß ich pupule sei. Das Saumroß ließen wir in Kukuihaele zurück. Nach Mud Lane hinauf schwammen wir beinahe gegen einen Strom von Schlamm. In Waimea mußte der Cowboy das Pferd wechseln. Aber Hilo hielt durch. Von Tagesanbruch bis Mitternacht war ich im Sattel, bis Onkel John mich in Kilohana vom Pferd hob und in seinen Armen hineintrug, die Frauen aus ihren Betten aufscheuchte, damit sie mir Lomi machten und mir heißen Palmwein einflößten, daß Schlaf und Vergessen mich betäubten. Ich weiß, daß ich erzählt und phantasiert und daß Onkel John alles erraten haben muß. Aber keinem, selbst mir nicht, hat er je mit dem leisesten Hauch etwas davon gesagt. Was er auch erraten haben mochte, er verschloß es im Taburaum der Naomi.

Ich habe verschwommene Erinnerungen an diesen Tag, an die Raserei meines gebrochenen Herzens gegen das Schicksal – an mein aufgelöstes, vom Sturm und Regen gepeitschtes nasses Haar, an endlose Tränen, die sich mit der Sintflut um mich her mischten, an leidenschaftliche Ausbrüche und Groll gegen eine böse Welt, die ich nicht verstand. Erinnerungen daran, daß ich mit den Händen auf den Sattelknauf trommelte, daß ich meinen Cowboy anschrie und meinem armen prächtigen Hilo die Sporen in die Rippen stieß, in der Hoffnung, daß er sich bäumen, mich unter sich begraben und meine Schönheit vernichten oder mit mir in den Abgrund stürzen sollte, daß Pau käme, das Ende, das die Lippen Lilolilos nicht ausgesprochen hatten, als er meine Ilima Lei zerriß und ins Meer warf.

Mein Gatte George war in Honolulu aufgehalten worden. Als er nach Nahala zurückkehrte, erwartete ich ihn. Er umarmte mich feierlich, küßte gewohnheitsmäßig meine Lippen, besah ernst meine Zunge, bekrittelte mein Aussehen und meinen Gesundheitszustand und schickte mich mit einer Wärmflasche und einer Dosis Rizinusöl ins Bett. Als wäre ich ein Teil eines Uhrwerks, eines seiner Zähne oder ein Rad, das sich unvermeidlich und unbarmherzig drehte, so kehrte ich wieder in das graue Leben von Nahala zurück. Jeden Morgen um halb fünf stand George auf, und um fünf Uhr saß er zu Pferde. Ewig gab es Haferflocken, den entsetzlichen billigen Kaffee und das frische Rindfleisch. Ich kochte, buk und schrubbte. Ich drehte die verrückte kleine Nähmaschine und verfertigte meine billigen Holokus. Abend für Abend, zwei Jahre lang, die mir wie endlose Jahrhunderte erschienen, saß ich bis acht Uhr am Tisch ihm gegenüber und stopfte seine billigen Socken und sein zerlumptes Unterzeug, während er in alten geliehenen Magazinen las, die selbst zu abonnieren er zu geizig war. Und dann war Schlafenszeit – wir mußten Petroleum sparen –, und er zog seine Uhr auf, notierte das Wetter in seinem Tagebuch, zog sich die Schuhe aus, den rechten zuerst, und stellte sie nebeneinander an sein Bettende.

Aber mich zog nichts mehr hin zu meinem Gatten George, wie es geschienen hatte, ehe Prinzessin Lihue mich zu der Reise eingeladen und Onkel John mir das Pferd geliehen hatte. Du siehst, Schwester Martha, es wäre nichts geschehen, hätte Onkel John mir das Pferd nicht gegeben. Aber ich hatte Lilolilo, ich hatte die Liebe kennengelernt. Und welche Möglichkeit hatte George jetzt noch, mein Herz aus Achtung oder aus Leidenschaft zu gewinnen? Und zwei Jahre lang war ich in Nahala eine Tote, die irgendwie ging und sprach und buk und schrubbte und Strümpfe stopfte und Petroleum sparte. Und dann sagten die Ärzte, daß das schlechte Unterzeug schuld war, in dem er in den winterlichen Regenstürmen immer in den Bergen nach dem Wasser von Nahala sah.

Als er starb, war ich nicht traurig. Ich war schon zu lange traurig gewesen. Aber glücklich war ich auch nicht. Mein Glück war in Hilo gestorben, als Lilolilo meine Ilima Lei ins Meer geworfen hatte, und nie mehr sollte ich das Glück kennenlernen. Lilolilo starb, ehe ein Monat nach dem Tode meines Gatten George vergangen war. Nach der Abreise von Hilo sollte ich ihn nicht wiedersehen. O ja, Verehrer hatte ich genug. Aber ich war wie Onkel John. Ich konnte nur einmal lieben. Onkel John hatte sein Naomi-Zimmer in Kilohana. Mein Lilolilo-Raum war fünfzig Jahre lang in meinem Herzen. Du bist die erste, Schwester Martha, der ich Zutritt zu diesem Raum gewährt habe . . .«

Ein Automobil bog vom Wege herein, hielt, und über den Rasen kam Marthas Gatte geschritten. Aufrecht, schlank, grauhaarig, mit straffer militärischer Haltung, so war Roscoe Scandwell, einer der »Großen Fünf«, deren Interessengemeinschaft das Schicksal Hawaiis bestimmte. Er selbst war ein reinblütiger, in Neuengland geborener Haole. Er küßte zuerst Bella, indem er sie herzlich nach hawaiischer Art umarmte. Sein schneller Blick sagte ihm, daß die beiden Frauen sich gerade ausgesprochen hatten, und daß trotz ihrer offensichtlichen Erregung dank der Weisheit ihrer Jahre alles gut ausgeklungen sei.

»Elsie und die Kleinen kommen – ich habe gerade ein Funktelegramm vom Dampfer bekommen«, erzählte er, nachdem er seine Frau geküßt hatte. »Sie werden einige Tage bei uns bleiben, ehe sie nach Maui weiterreisen.«

»Ich wollte dich eigentlich im Rosenzimmer unterbringen, Schwester Bella«, dachte Martha laut. »Es eignet sich aber besser für sie und die Kinder mit ihren Wärterinnen. Du sollst daher das Zimmer der Königin Emma haben.«

»Das hatte ich auch letztes Mal, und es ist mir lieber«, sagte Bella.

Über die hohen Koolau-Berge hinweg kamen schwärmende Ausläufer des Passats gestrichen, ließen leicht die starren Bananenblätter schwanken, rauschten in den Palmen und bewegten flüsternd das Spitzengewebe der Algarobablätter. Nur zeitweise kam dieses Atmen der Natur – denn ein Atmen war es, das Seufzen der matten hawaiischen Nachmittage. In den Pausen zwischen den sanften Atemzügen wurde die Luft schwer und balsamisch von dem Duft der Blumen und dem Dunst der fetten, lebendigen Erde.

Viele Menschen waren um das bungalowartige Haus herum, aber nur ein einziger schlief. Die übrigen verhielten sich mäuschenstill. Hinter dem Hause ließ ein kleines Kind ein klägliches Wimmern hören, das selbst die schnell dargereichte Brust nicht zu beschwichtigen vermochte. Die Mutter, eine schlanke Hapa-Haolin in einem lose herabfließenden Holoku aus weißem Musselin, lief schnell mit dem Kind unter den Bananen und Papaias fort, daß die Ferne das Geräusch verschlang. Andere Frauen, Eingeborene und Hapa-Haolen, beobachteten sie ängstlich als sie floh.

Vor dem Haus kauerten zwanzig Hawaiianer im Gras. Alle waren muskulöse, breitschultrige, stämmige Männer. Braunhäutig, mit leuchtenden braunen und schwarzen Augen und großen, regelmäßigen Zügen. Alles ließ darauf schließen, daß sie ebenso gutmütig, fröhlich und sanft waren wie die Luft ihrer Heimat. Scheinbar im Widerspruch hierzu stand die Wildheit ihrer Ausrüstung. Aus den rauhen Ledergamaschen hervor ragten die Griffe langer Messer. An den Hacken trugen sie mit mächtigen Rädern versehene spanische Sporen. Wie die Straßenräuber hätten sie ausgesehen, wären nicht die Blumenkränze und die duftenden Mailen gewesen, die die schwankenden Cowboyhüte umwanden und einen seltsamen Kontrast zu dem andern bildeten. Einer von ihnen, der anmutig und von der spitzbübischen Schönheit eines Fauns war, hatte sich eine doppelte Hibiskusblüte kokett hinter das Ohr gesteckt. Über ihren Köpfen breitete sich ein weitverzweigter Baldachin aus Ponciana regia aus und bildete, eine Flamme aus Blüten, einen Schirm gegen die Sonne. Aus jeder Blüte sprangen Quasten gefiederter Staubfäden. Von weit her drang, durch die Entfernung gedämpft, das Stampfen ihrer angebundenen Pferde schwach herüber. Aller Augen richteten sich aufmerksam auf den einsamen Schläfer, der, einige hundert Fuß entfernt, auf einer Lauhala-Matte unter den Johannisbrotbäumen lag.

Waren die hawaiischen Cowboys groß, so war der Schläfer doch noch größer. Auch war er, wie sein schneeweißes Haar bezeugte, viel älter. Seine starken Handgelenke und kräftigen Finger ließen unter den losen Dungareehosen und dem nicht zugeknöpften baumwollenen Hemd, das die Brust vom Zwerchfell bis zum Adamsapfel frei ließ, eine mächtige Gestalt ahnen. Die Brust war mit wirrem Haar, so weiß wie sein Kopf- und Barthaar, bedeckt. Ihre Tiefe und Breite und die Elastizität ihrer jetzt gelösten, plastischen Muskeln bezeugten die geballte Kraft in ihm. Dabei vermochten die Bräune und die Verwitterung durch Sonne und Wind nicht das Zeugnis seiner Haut zu widerlegen: Er war ein Haole – ein Weißer.

Er lag auf dem Rücken, und mit jedem Atemzug hob und senkte sich sein langer weißer, nie von einem Schermesser berührter Bart, während sich der weiße Schnurrbart gleich den Stacheln eines Stachelschweins sträubte und legte. Ein vierzehnjähriges, nur mit einem einfachen Hemd, dem Muumuu, bekleidetes Mädchen, eine Enkelin des Schlafenden, kauerte neben ihm und verscheuchte mit einem Federwedel die Fliegen. Ihr Gesicht drückte Sorge und Furcht aus, als diente sie einem Gott.

Und wirklich war Hardman Pool, der bärtige Schläfer, für sie und viele andere ein Gott – eine Quelle des Lebens, eine Quelle der Nahrung, ein Bronnen der Weisheit, Gesetzgeber, lächelnder Wohltäter und die Finsternis von Donner und Strafe – kurz, ein Herr, für dessen Kraft vierzehn lebende erwachsene Söhne und Töchter, sechs Urenkel und mehr Enkel, als er in seinen lichtesten Augenblicken zu zählen vermochte, zeugten.

Vor einundfünfzig Jahren war er mit einem offenen Boot in Laupahoehoe an der Luvküste von Hawaii gelandet. Das Boot war alles, was von dem Walfänger »Black Prince« aus New Bedford übriggeblieben war. Er selbst war in New Bedford geboren, war zwanzig Jahre alt und hatte es dank seiner Kraft und Geschicklichkeit zum zweiten Steuermann auf dem untergegangenen Walfänger gebracht. Er kam nach Honolulu und sah sich um, dann heiratete er Kalama Mamaiopili, wurde erst Hafenlotse in Honolulu, eröffnete dann eine Kneipe und ein Logierhaus und befaßte sich schließlich nach dem Tode von Kalamas Vater mit Viehzucht auf den weiten Ländereien, die sie geerbt hatte.

Mehr als ein halbes Jahrhundert hatte er unter den Hawaiianern gelebt, und man gab zu, daß er ihre Sprache besser kannte als die meisten von ihnen selbst. Mit Kalama hatte er nicht nur ihren

Grundbesitz, sondern auch ihren Häuptlingsrang erheiratet, und die Lehnstreue, zu der die Vasallen seit vielen Generationen verpflichtet waren, wurde auch ihm zugebilligt. Dazu kam, daß ihm alle Eigenschaften eines Häuptlings angeboren waren: der riesige Wuchs, der Stolz und die Reizbarkeit des Edlen, der keine Unverschämtheit, keine Beleidigung duldete, der sich selbst von der höchsten Macht, die auf zwei Beinen wandelte, nicht einschüchtern ließ, und der geringere Sterbliche in seinen Dienst zwang, nicht durch unedlen Kauf, sondern durch Herablassung und Großzügigkeit, die er nicht in Worte zu kleiden brauchte. Er kannte seine Hawaiianer in- und auswendig, kannte sie besser, als sie sich selbst kannten, mit ihren polynesischen Umschweifen, ihrem Glauben, ihren Sitten und Mysterien.

Und jetzt lag er, einundsiebzig Jahre alt, nach einem Morgenritt über die Ranch, der um vier Uhr begonnen hatte, unter den Johannisbrotbäumen und hielt seine gewohnte und geheiligte Siesta, die kein Vasall zu stören wagte oder einem Gleichberechtigten unter den Großen des Landes zu stören gestattet hätte. Nur dem König hätte ein solches Recht zugestanden, aber der hatte erfahren, daß die Siesta Hardman Pools zu stören hieß, einen sehr gereizten, verdrießlichen Hardman Pool zu wecken, der frei von der Leber weg manche Wahrheit zu reden pflegte, die den Ohren des Königs nicht angenehm war.

Die Sonne flammte am Himmel. Die Pferde stampften in der Ferne. Der leise Passat verhauchte seufzend und raschelnd mit immer größeren Pausen. Der Wohlgeruch wurde schwerer. Die Frau kam zurück mit dem Kind, das sich jetzt beruhigt hatte. Die Johannisbrotblüten entfalteten ihre Blätter und sanken in stiller Ohnmacht in der milden Luft tiefer über den Schläfer. Das Mädchen verscheuchte immer noch die Fliegen, fast atemlos von der ungeheuerlichen Feierlichkeit ihres Amtes, und die zwanzig Cowboys sahen noch immer schweigend und aufmerksam zu.

Hardman Pool wachte auf. Das nächste Ausatmen in dem langen Rhythmus erfolgte nicht. Ebensowenig hob sich der lange Weiße Schnurrbart. Statt dessen blähten sich die Backen unter dem Vollbart, die Lider hoben sich und zeigten die cholerischen, sofort völlig klaren blauen Augen; die Rechte griff nach der halb ausgerauchten Pfeife an seiner Seite, die Linke nach den Streichhölzern. »Bring mir Milch mit Genever«, befahl er auf hawaiisch dem kleinen Mädchen, das sein plötzliches Erwachen erschreckt hatte.

Er steckte sich die Pfeife an, schien aber die Anwesenheit seiner wartenden Vasallen erst zu bemerken, als er Milch und Genever erhalten und getrunken hatte.

»Nun?« fragte er dann plötzlich, und die zwanzig Gesichter verzogen sich zu einem Lächeln, und die zwanzig dunklen Augenpaare leuchteten freudig, während er sich die letzten Tropfen von den behaarten Lippen wischte. »Was sitzt ihr da herum? Was wollt ihr? Kommt her!«

Zwanzig Riesen, die meisten jung und aufrecht, erhoben sich und schritten unter mächtigem Sporengeklirr zu ihm hin. Sie sammelten sich in einem Halbkreis um ihn und blickten ihn, einer über die Schulter des anderen hinweg, schüchtern an. Ihre Gesichter lächelten verlegen und doch unbewußt vertraulich. Tatsächlich war Hardman Pool ihnen mehr als nur ein Häuptling. Er war ihr älterer Bruder, ihr Vater oder Patriarch und ihnen allen nach hawaiischer Art durch seine Frau oder die Heirat eines seiner vielen Kinder und Enkel verwandt. Sein leisestes Stirnrunzeln konnte sie verwirren, sein Zorn sie in Schrecken versetzen, sein Befehl sie dem sicheren Tode anheimgeben. Andrerseits hätte keiner je daran gedacht, ihn anders als vertraulich bei seinem Vornamen zu nennen, welcher Name »Hardman« in ihrer Sprache zu Kanaka Oolea geworden war.

Er nickte, und der Halbkreis setzte sich in das Manienie-Gras und wartete, daß er seine Wünsche ausspräche.

»Was wollt ihr?« fragte er auf hawaiisch mit einer Schroffheit und Strenge, die, wie sie wußten, nur gemacht war.

Sie lächelten noch breiter, krümmten ihre breiten Schultern und wuchtigen Körper so anmutig wie bittende Hündchen. Hardman Pool wandte sich an einen unter ihnen.

»Nun, Iliiopoi, was willst du?«

»Zehn Dollar, Kanaka Oolea.«

»Zehn Dollar!« rief Pool in offensichtlichem Schrecken über eine so ungeheure Summe. »Heißt das, daß du dir eine zweite Frau nehmen willst? Denk an die Lehre der Missionare. Immer nur eine Frau zur Zeit, Iliiopoi; eine Frau zur Zeit. Denn wer sich mehrere Frauen nimmt, kommt ganz sicher in die Hölle.«

Kichern und lachende blitzende Augen begrüßten von allen Seiten diesen Witz.

»Nein, Kanaka Oolea«, lautete die Antwort. »Der Teufel weiß, daß es mir schwer genug wird, das Kow-kow für eine einzige Frau und all ihre Verwandten aufzubringen.«

»Kow-kow?« wiederholte Pool das von den Hawaiianern für ihr eigenes »Paina« aus dem Chinesischen übernommene Wort. »Haben deine Knaben heute mittag kein Kow-kow hier bekommen?«

»Doch, Kanaka Oolea«, fiel ein alter runzliger Eingeborener ein, der gerade aus dem Haus gekommen und zu der Gruppe getreten war. »Sie haben in der Küche Kow-kow bekommen, und reichlich dazu. Sie fraßen wie Pferde, die sich in den Lavabergen verirrt hatten.«

»Und was willst du, Kumuhana?« wandte Pool sich zu dem Alten und gab gleichzeitig dem kleinen Mädchen ein Zeichen, ihm die Fliegen auf der andern Seite zu verscheuchen.

»Zwölf Dollar«, sagte Kumuhana. »Ich muß mir einen Esel und einen gebrauchten Sattel und Zaumzeug kaufen. Ich werde zu alt, meine Beine wollen mich nicht mehr tragen.«

»Warte«, befahl sein Haole-Gebieter. »Wenn ich mit den andern fertig bin und sie fort sind, will ich das und anderes mit dir besprechen.«

Der runzlige Alte nickte und steckte sich umständlich seine Pfeife an.

»Das Kow-kow in der Küche war gut«, begann Illiiopoi wieder, sich die Lippen leckend. »Der Poi war tadellos, das Schwein fett, der Lachsbauch stank nicht, der Fisch war vollkommen frisch und sehr reichlich, nur die Opihis (winzige, sich an Felsen anklammernde Schaltiere) waren gesalzen und daher zäh. Nie sollten Opihis gesalzen werden. Oft schon sagte ich dir, Kanaka Oolea, daß Opihis nie gesalzen werden sollten. Ich bin voll von gutem Kow-kow. Mein Bauch ist schwer davon. Aber mein Herz ist nicht leicht davon, denn es ist kein Kow-kow in meinem eigenen Hause, wo meine Frau ist, die Tante der zweiten Frau deines vierten Sohnes, und mein kleines Töchterchen und die alte Mutter meiner Frau und das Pflegekind der alten Mutter meiner Frau, ein Krüppel, und die Schwester meiner Frau, die mit ihren drei Kindern bei uns lebt, seit der Vater gestorben ist.«

»Werden fünf Dollar euch alle einen oder mehrere Tage vor einem Leichenbegräbnis bewahren?« unterbrach Pool die lange Rede kurzweg.

»Ja, Kanaka Oolea, und dazu werde ich noch meiner Frau einen neuen Kamm und mir etwas Tabak kaufen können.«

Einem Geldbeutel, den er aus der Hüfttasche seiner Dungarees zog, entnahm Hardman Pool das Goldstück und warf es geschickt in die hingehaltene Hand.

Ein Junggeselle, der sechs Dollar für neue Gamaschen, Tabak und Sporen verlangte, erhielt drei, desgleichen ein zweiter, der einen neuen Hut brauchte, und ein dritter, der bescheiden um zwei Dollar bat, bekam vier mit einem blumigen Kompliment für seine Tapferkeit, weil er einen wilden Bullen in den Bergen mit dem Lasso eingefangen hatte. Da sie wußten, daß ihre Forderungen gewöhnlich halbiert wurden, verdoppelten sie sie schon von vornherein. Und Hardman Pool, der das wußte, lächelte bei sich. Es war dies seine Art, mit seinen zahlreichen Verwandten umzugehen, und sie hatte sich gut bewährt und schadete seinem Ansehen in ihren Augen nicht.

»Und du, Ahuhu?« fragte er einen, dessen Name »Giftholz« bedeutete.

»Und das Geld für ein Paar Dungarees«, beschloß Ahuhu die Liste der Dinge, die er benötigte. »Ich bin viel und hart hinter deinem Vieh hergeritten, Kanaka Oolea, und wo meine Dungarees sich am Sattelplatz gerieben haben, haben meine Dungarees keinen Boden mehr. Es ist nicht gut, wenn man von einem Cowboy Kanaka Ooleas, der gleichzeitig der Vetter von der Halbschwester von Kanaka Ooleas Frau ist, sagen könnte, daß er sich schämen müsse, wenn man ihn außerhalb des Sattels sehe, es sei denn, er ging vor allen, die ihn anblickten, rückwärts wie ein Krebs.«

»Du sollst Geld für ein Dutzend Dungarees haben, Ahuhu«, lachte Hardman Pool und warf ihm die nötige Summe zu. »Ich bin stolz, daß meine Familie meinen Stolz mit mir teilt. Nachher, Ahuhu, wirst du mir von deinem Dutzend Dungarees eine abgeben, damit ich nicht rückwärts zu gehen brauche, denn meine eigenen – die einzigen, die ich habe – sind ebenso durchgeritten und machen mir Schande.«

Und unter herzlichem Gelächter über den witzigen Einfall, mit dem ihr Haole-Häuptling die Audienz beschloß, brach die ganze Gesellschaft von kindlichen Riesen auf und begab sich zu den wartenden Pferden. Nur der alte runzlige Kumuhana, dem er zu warten geboten hatte, blieb.

Volle fünf Minuten saßen sie schweigend da. Dann befahl Hardman Pool dem kleinen Mädchen, ein Glas Milch mit Genever zu holen, und als sie es gebracht hatte, gab er ihr durch ein Zeichen mit dem Kopf zu verstehen, daß sie es Kumuhana reichen sollte. Der setzte das Glas erst von den Lippen, als es leer war, worauf er hörbar ausatmete und schmatzte.

»Viel Awa habe ich in meinem Leben getrunken«, sagte er nachdenklich. »Aber Awa ist nur das Getränk des gemeinen Mannes, während der Haole-Schnaps ein Getränk für Häuptlinge ist. Awa hat nicht die hitzige Kraft des Schnapses, womit der einem den Sporn in die Rippen des Gefühls stößt, einen wachbeißt, daß man froh ist, denn es ist eine Freude, lebendig zu sein.«

Hardman Pool nickte lächelnd, und der alte Kumuhana fuhr fort:

»Es ist Wärme darin. Er wärmt Leib und Seele. Er wärmt das Herz. Selbst Herz und Seele werden kalt, wenn man alt wird.«

»Du bist alt«, gab Pool zu. »Fast so alt wie ich.«

Kumuhana schüttelte den Kopf und murmelte:

»Wäre ich nicht älter als du, so würde ich ebenso jung sein wie du.«

»Ich bin einundsiebzig«, sagte Pool.

»So weiß ich das Alter nicht«, lautete die Antwort. »Was geschah, als du geboren wurdest?«

»Laß sehen«, berechnete Pool. »Jetzt haben wir achtzehnhundertachtzig, ziehe einundsiebzig ab, so haben wir das Jahr, als der Schotte Archibald Campbell in Honolulu lebte.«

»Dann bin ich wahrlich älter als du, Kanaka Oolea. Ich entsinne mich gut des Schotten, denn ich spielte damals zwischen den Grashäusern von Honolulu und ritt schon in der Brandung mit den Frauen in Waikiki. Ich kann dich noch an die Stelle führen, wo das Grashaus des Schotten stand. Jetzt befindet sich die Seemannsmission dort. Doch ich weiß, wann ich geboren bin. Oft haben meine Großmutter und meine Mutter mir davon erzählt. Ich wurde geboren, als Madame Pele (die Feuer- oder Vulkangottheit) zornig auf das Volk von Paiea wurde, weil es keine Fische aus seinem Fischteich opferte, und eine Lavaflut von Huulalai herabsandte, die den Teich füllte. Für ewig wurde der Fischteich von Paiea gefüllt. Das geschah, als ich geboren wurde.«

»Das war achtzehnhundertundeins, als James Boyd Schiffe für Kamehameha in Hilo baute.« Pool hielt sich an den Kalender. »Du bist also neunundsiebzig oder acht Jahre älter als ich. Du bist sehr alt.«

»Ja, Kanaka Oolea«, murmelte Kumuhana mit einem rührenden Versuch, die eingesunkene Brust mit Stolz zu blähen.

»Und du bist sehr weise«

»Ja, Kanaka Oolea.«

»Und du kennst viele der geheimen Dinge, die nur alte Menschen kennen.«

»Ja, Kanaka Oolea.«

»Und da weißt du –« Hardman Pool unterbrach sich, um desto wirksamer mit seinem festen eindringlichen Blick den andern Alten zu hypnotisieren. »Man sagt, daß die Gebeine Kahekilis aus ihrem Versteck geholt sind und jetzt im Königlichen Mausoleum liegen. Ich habe flüstern hören, daß du allein von allen Lebenden es wirklich weißt.«

»Ich weiß es«, lautete die stolze Antwort. »Ich allein weiß es.«

»Nun, liegen sie dort? Ja oder nein?«

»Kahekili war ein Alii (hoher Häuptling). Deine Frau Kalama stammt in gerader Linie von ihm ab. Sie ist eine Alii.« Der alte Vasall schwieg einen Augenblick und spitzte sinnend die dünnen Lippen. »Ich gehöre ihr, wie alle meine Vorfahren den Ihren gehörten. Nur sie kann mir befehlen, das große Geheimnis zu offenbaren. Sie ist weise, zu weise, um mir je zu befehlen, dies Geheimnis zu offenbaren. Dir, Kanaka Oolea, antworte ich nicht ja, antworte ich nicht nein. Dies ist ein Geheimnis.«

»Recht so, Kumuhana«, lobte Hardman Pool ihn. »Aber vergißt du, daß ich ein Alii bin und das, was meine gute Kalama sich nicht zu fragen traut, ich ihr zu fragen befehle? Ich kann nach ihr schicken, sogleich, und sie dir befehlen lassen zu antworten. Aber das wäre eine Dummheit, es sei denn, du zeigtest dich selbst doppelt so dumm. Erzähle mir das Geheimnis, und sie wird nie etwas erfahren. Frauenlippen müssen ausschwatzen, was auch immer durch das Ohr zu ihnen dringt. Ich bin ein Mann, und ein Mann ist anders. Wie du wohl weißt, schließen meine Lippen sich über einem Geheimnis so fest wie die Muschel am salzigen Felsgrund. Willst du es mir nicht allein erzählen, so wirst du es Kalama und mir zusammen sagen, und ihre Lippen werden reden. Ihre Lippen werden reden, so daß der letzte Malahini weiß, was sonst nur du und ich allein wissen würden.«

Lange saß Kumuhana schweigend da, überlegte und erwog, ohne die Logik des Gesagten umstoßen zu können.

»Groß ist deine Haolen-Weisheit«, gab er schließlich zu.

»Ja? Oder nein?« beharrte Hardman Pool eisern.

Kumuhana sah sich zuerst um, dann richtete er den Blick langsam auf das Mädchen mit dem Fliegenwedel.

»Geh«, befahl ihr Pool. »Und komm erst wieder, wenn du mich in die Hände klatschen hörst.«

Als das Mädchen im Hause verschwunden war, schwieg Hardman Pool, aber seine stahlharte Miene fragte: »Ja? – Oder nein?«

Wieder sah Kumuhana sich besorgt um und blickte hinauf in die Zweige des Johannisbrotbaumes, als fürchtete er einen versteckten Lauscher. Seine Lippen waren sehr trocken. Mehrmals feuchtete er sie mit seiner Zunge an. Zweimal versuchte er zu sprechen, brachte aber nur einen unartikulierten heiseren Laut hervor. Und schließlich senkte er den Kopf und flüsterte so leise und feierlich, daß auch Hardman den Kopf senkte, um zu hören: »Nein.«

Pool klatschte in die Hände, und das kleine Mädchen kam in zitternder Eile aus dem Hause gelaufen.

»Bring ein Glas Milch mit Genever für den alten Kumuhana«, befahl Pool; und zu Kumuhana gewandt: »Jetzt erzähle mir die ganze Geschichte.«

»Warte«, lautete die Antwort. »Warte, bis die kleine Wahine gekommen und wieder gegangen ist.«

Und als das Mädchen verschwunden und Milch und Genever den ihnen bestimmten Weg gegangen waren, wartete Hardman Pool weiter, ohne zu drängen. Kumuhana preßte seine Hand gegen die Brust und hustete ein paarmal hohl, um sich Mut zu machen; endlich aber sprach er: »Es war etwas Furchtbares, wenn in alten Tagen ein großer Alii starb. Kahekili war ein großer Alii. Er wäre vielleicht König geworden, hätte er lange genug gelebt. Wer weiß? Ich war ein junger Mann, noch unverheiratet. Du weißt, Kanaka Oolea, wann Kahekili starb, und du kannst mir sagen, wie alt ich damals war. Er starb, als Gouverneur Boki das Hotel der Weißen hier in Honolulu leitete. Du hast wohl davon gehört?«

»Ich war damals noch an der Luvküste von Hawaii«, erwiderte Pool. »Aber ich hörte davon. Boki errichtete eine Brennerei und pachtete Ländereien in Manoa, um Zuckerrohr abzubauen. Aber Kaahumanu, der damals Regent war, annullierte die Pacht, ließ das Zuckerrohr herausreißen und pflanzte Kartoffeln. Und Boki war zornig und bereitete sich zum Krieg vor. Er versammelte seine Krieger und ein Dutzend Deserteure von Walfängern mit fünf Sechspfündern aus Bronze bei Waikiki –«

»Gerade damals war es, daß Kahekili starb«, fiel Kumuhana ihm eifrig ins Wort. »Du bist sehr weise. Du kennst vieles aus den alten Tagen besser als wir alten Kanaken.«

»Das war achtzehnhundertneunundzwanzig«, fuhr Hardman Pool selbstzufrieden fort. »Du warst achtundzwanzig Jahre alt, und ich war zwanzig und war gerade nach dem Brand des ›Black Prince‹ im offenen Boot gelandet.«

»Ich war achtundzwanzig«, bestätigte Kumuhana. »Das klingt richtig. Ich erinnere mich noch gut an Bokis Bronzekanonen in Waikiki. Und zu dieser Zeit war es auch, daß Kahekili in Waikiki starb. Die Leute glauben bis auf den heutigen Tag, daß seine Gebeine in das Hale o Keawe (Mausoleum) zu Honaunau in Kona . . .«

». . . und lange darauf in das Königliche Mausoleum hier in Honolulu gebracht wurden«, ergänzte Pool.

»Manche, Kanaka Oolea, glauben auch bis auf den heutigen Tag, daß Königin Alice sie mit den Gebeinen ihrer übrigen Ahnen in großen Urnen in ihrem Tabu- Zimmer aufbewahrt. Aber alle haben unrecht. Ich weiß es. Die heiligen Gebeine Kahekilis sind für immer und ewig fort. Sie ruhen nirgends. Sie existieren nicht mehr. Und viele Kona-Winde haben die Brandung von Waikiki gepeitscht, seit der letzte Mann das Letzte erblickte, was von Kahekili übrigblieb. Ich allein lebe noch von diesen Männern, und ich bin nicht froh, daß ich der letzte bin.

Denn sieh! Ich war ein Jüngling, und mein Herz war weißglühende Lava für Malia, die im Hause Kahekilis lebte. Und auch das Herz Anapunis glühte weiß für sie, wenn sein Herz auch, wie du gleich hören wirst, schwarz von Farbe war. Wir waren auf einem Gelage – Anapuni und ich – in der Nacht, als Kahekili starb. Anapuni und ich gehörten nur zum gemeinen Volk, wie alle Kanaken und Wahinen (Frauen) bei diesem Gelage mit den Matrosen und Jägern von Walfängern. Wir lagen im Freien, nahe der Küste von Waikiki, bei dem alten Heiau (Tempel), an der Stelle, die jetzt Wilders Strand heißt. Ich erfuhr damals und für immer, welche Mengen die Haole-Matrosen trinken können. Uns Kanaken wurden die Köpfe heiß, leicht und rasselnd wie trockene Kürbisse von Rum und Whisky.

Mitternacht war vorbei, und ich entsinne mich noch gut, wie ich Malia, die ich noch nie bei einem Gelage erblickt hatte, über den nassen harten Strand kommen sah. Das Hirn brannte mir wie rote Höllenasche, als Anapuni, der, ihr am nächsten, mir gegenüber im Kreis saß, sie anblickte. Oh, ich weiß, es waren Whisky, Rum und Jugend, was mir den Kopf so heiß machte; aber in diesem Augenblick beschloß meine Tollheit, ihm, wenn sie zuerst mit ihm spräche und ihm einen Tanz gewährte, meine beiden Hände um die Kehle zu legen, mit ihm in die Brandung neben uns zu springen, sein Leben aus ihm herauszupressen und seinen Anblick zu verlöschen. Er war schuld daran, daß sie nicht schon längst mein war.

Sie war ein prachtvolles junges Weib, gewachsen wie eine Königin, ja noch edler, wie sie jetzt im Mondschein über den feuchten Sand geschritten kam. Selbst die Haole-Matrosen schwiegen und starrten sie mit offenen Mäulern an. Ihr Gang! Ich habe dich, Kanaka Oolea, erzählen hören von der Frau Helena, die den Trojanischen Krieg verursachte. Von Malia kann ich sagen, daß ihretwegen mehr Männer die Mauern der Hölle gestürmt haben würden, als die der alten Stadt, von der du viel zu viel und zu lange zu reden pflegst, wenn du wenig Milch und zu viel Genever getrunken hast.

Ihr Gang! Im Mondschein dort, während die Quallen sanft in der Brandung glommen wie die Rampenlampen, die ich in dem neuen Haolen-Theater gesehen habe. Es war nicht der Gang eines Mädchens, sondern der einer Frau. Sie flatterte nicht wie die kleinen Wellen, die sich an einem geschützten Strande kräuseln. In ihrem Gang war etwas Erhabenes, Königinnenhaftes, das an Naturkräfte gemahnte, an den Lavastrom, der rhythmisch die Hänge von Hau zum Meere herabkommt, an die regelmäßigen Wogen im Passat und an das Heben und Senken der vier großen Jahresfluten, die Musik im ewigen Ohr Gottes sein mögen, da sie zu langsam sind, um für einen gewöhnlichen raschpulsigen, kurzlebigen und schnellsterbenden Menschen zu tönen.

Anapuni saß ihr am nächsten. Aber sie sah mich an. Hast du je, Kanaka Oolea, einen Ruf gehört, der ohne Laut lauter ist als die Muscheln Gottes? So rief sie mich über den Kreis der Trinkenden hinweg. Ich setzte mich auf, denn ich war noch nicht völlig trunken. Aber Anapunis Arm fing sie und zog sie an sich, und ich ließ mich wieder auf den Ellbogen sinken und sah es voller Wut. Er tat, was er konnte, damit sie sich an seine Seite setzte, und ich wartete. Setzte sie sich, und tanzte sie dann mit ihm, dann – das wußte ich – war Anapuni, ehe der Morgen graute, ein Toter, von mir in der Brandung erwürgt und ertränkt.

Seltsam, nicht wahr, Kanaka Oolea, ist diese Hitze, die man Liebe nennt. Und doch nicht seltsam. Es muß so sein in der Zeit, da man jung ist, sonst würde das Geschlecht der Menschen nicht fortbestehen.«

»Deshalb eben muß der Wunsch nach dem Weibe größer sein als der Wunsch nach dem Leben«, stimmte Pool ihm zu. »Sonst würde es weder Männer noch Frauen geben.«

»Ja«, sagte Kumuhana. »Aber es ist viele Jahre her, daß die letzte Glut dieser Hitze mich verließ. Ich erinnere mich daran wie an einen alten Sonnenuntergang – als an etwas, das war. Und so wird man alt und kalt und trinkt Genever, nicht wegen der Tollheit, die er gibt, sondern wegen der Wärme. Und die Milch ist sehr bekömmlich.

Aber Malia setzte sich nicht zu ihm. Ihre Augen waren wild, ihr Haar hing herab und flatterte, als sie sich zu ihm neigte und ihm etwas ins Ohr flüsterte. Und ihr Haar verdeckte und verhüllte ihn, als sie ihm zuflüsterte, und der Anblick ließ mein Herz gegen die Rippen pochen und machte mich schwindeln, daß mir schwarz vor den Augen wurde. Und mit der ganzen Kraft meines Willens beschloß ich, durch den Kreis zu gehen und sie zu holen, wenn sie nicht bald von selber käme.

Aber es war bestimmt, daß das nicht geschehen sollte. Erinnerst du dich des Häuptlings Konukalani? Der schritt jetzt auf den Kreis zu. Sein Gesicht war schwarz vor Zorn. Er packte Malia, nicht am Arm, sondern am Haar, zog sie hinter sich her und war verschwunden. Und noch heute verstehe ich das nur halb. Ich, der ich ihretwegen hatte Anapuni erschlagen wollen, ich erhob weder die Hand noch die Stimme, um dagegen zu protestieren, daß Konukalani sie am Haar fortschleppte – und Anapuni tat es ebensowenig. Gewiß, wir waren einfache Männer, und er war Häuptling. Das weiß ich. Aber warum mußten zwei einfache Männer, die toll nach einem Weibe waren, und in denen der Wunsch nach dem Weibe stärker als der Wunsch nach dem Leben war, warum mußten sie zulassen, daß irgendein Häuptling, und wenn es der höchste im Lande war, dieses Weib am Haar fortschleppte? Mehr als ihr Leben wünschten sie sie; warum mußten die beiden Männer sich fürchten, den einen Häuptling zu erschlagen? Hier ist etwas, das stärker ist als das Weib – aber was? Und warum?«

»Ich will dir die Antwort darauf geben«, sagte Hardman Pool. »Weil die meisten Männer Toren sind, und weil daher die wenigen Männer, die weise sind, für sie sorgen müssen. Das ist das Geheimnis der Führerschaft. In der ganzen Welt stehen Häuptlinge über Männern. In der ganzen Welt hat es von jeher Häuptlinge gegeben, die den Toren sagen mußten: Tut dies, tut jenes. Arbeitet, und arbeitet so, wie ich es euch sage, sonst wird euer Bauch leer bleiben, und ihr werdet zugrunde gehen. Gehorcht den Gesetzen, die wir euch gegeben haben, oder ihr werdet wie die Tiere sein, und es wird keinen Platz für euch in der Welt geben. Ihr würdet nicht existieren, wären nicht vor euch Häuptlinge gewesen, die euern Vätern befahlen und ihr Leben regelten. Ihr würdet keine Saat zeugen, würden wir euch nicht befehlen und euer Leben regeln. Haltet Frieden, benehmt euch ordentlich und putzt euch die Nase. Geht zeitig zu Bett am Abend und steht zeitig auf am Morgen, wenn ihr Betten zum Schlafen haben und nicht wie die dummen Vögel in den Bäumen nächtigen wollt. Jetzt ist es Zeit, Yams zu pflanzen, darum pflanzt jetzt. Jetzt, sagen wir, und nicht Feste und Hulas heute und Yam pflanzen morgen oder an einem von den vielen sorglosen Tagen. Tötet nicht, und laßt die Frau eures Nächsten in Frieden. So soll euer Leben sein, denn ihr denkt nur immer an einen Tag auf einmal, aber wir, eure Häuptlinge, denken für euch alle Tage und für kommende Tage.«

»Wie eine Wolke auf dem Bergesgipfel, die sich herabsenkt und dich einhüllt, und in der du undeutlich die Wolke erkennst, so erscheint mir deine Weisheit, Kanaka Oolea«, murmelte Kumuhana. »Aber es ist traurig, daß ich als niedriger Mann geboren werden und als niedriger Mann all meine Tage leben sollte.«

»Das kommt daher, daß du selbst niedrig bist«, versicherte Hardman Pool ihm. »Wenn ein Mann niedrig geboren ist, aber seine Natur nicht niedrig ist, so erhebt er sich, überwältigt die Häuptlinge und macht sich zum Häuptling über die Häuptlinge. Warum leitest du nicht meine Ranch mit ihrem tausendzähligen Vieh, treibst es in der Regenzeit auf andere Weiden, wählst die Bullen aus und besorgst den Verkauf des Fleisches an Handels- und Kriegsschiffe und an die Leute, die in Honolulu leben? Warum streitest du dich nicht mit Rechtsanwälten herum, hilfst Gesetze machen und sagst sogar dem König, was zu tun klug für ihn und was gefährlich ist? Warum tut kein Mann, was ich tue? All die vielen Männer, die für mich arbeiten, werden von mir ernährt und lassen mich für sich denken – mich, der schwerer arbeitet als irgendeiner von ihnen, der nicht mehr ißt als irgendeiner von ihnen, und der nur auf einer Lauhalamatte auf einmal schlafen kann wie irgendeiner von ihnen?«

»Ich bin nicht mehr in der Wolke, Kanaka Oolea«, sagte Kumuhana, und sein Gesicht hellte sich auf. »Ich sehe klarer. All meine langen Jahre haben die Aliis, unter denen ich geboren ward, für mich gedacht. Immer, wenn ich hungrig war, kam ich zu ihnen, wie ich jetzt in deine Küche komme. Viele Menschen essen in deiner Küche, und wir alle nehmen teil an den Festen, wenn du fette junge Ochsen schlachtest. Deshalb ist es, daß ich heute zu dir komme, ich, ein alter Mann, dessen Arbeit keinen Shilling die Woche mehr wert ist, und dich um zwölf Dollar bitte, um mir einen Esel und einen gebrauchten Sattel und Zaumzeug zu kaufen. Deshalb ist es, daß zweimal zehn Toren dich vor einer halben Stunde unter diesen Johannisbrotbäumen um einen Dollar oder um zwei, vier, fünf, zehn oder zwölf baten. Wir sind die Sorglosen aus den sorglosen Tagen, die nicht zur rechten Zeit Yams pflanzen würden, wenn unser Alii uns nicht dazu zwänge, die nicht einen Tag für uns selber denken, und die wissen, daß unser Alii, wenn wir mit dem Alter wertlos werden, Kow-kow in unsern Magen und ein Grasdach über unser Haupt decken wird.«

Hardman Pool neigte zustimmend den Kopf und meinte: »Aber die Gebeine Kahekilis? Der Häuptling Konukalani hatte gerade Malia an den Haaren fortgeschleppt, und du und Anapuni bliebt ohne Widerspruch im Kreis der Trinkenden sitzen. Was war es, das Malia Anapuni ins Ohr flüsterte, als sie sich über ihn beugte, daß ihr Haar sein Gesicht verhüllte?«

»Daß Kahekili tot war. Das war es, was sie Anapuni zuflüsterte. Daß Kahekili tot, soeben gestorben war, daß die Häuptlinge befohlen hatten, daß alle, die in den Häusern waren, drinnen bleiben sollten, und daß sie jetzt, bevor noch ein Wort von seinem Tode verlautet war, berieten, wo seine Gebeine und sein Fleisch begraben werden sollten. Daß der Hohepriester Eoppo ihnen die Frage vorgelegt hatte, wer als Opfer ausgewählt werden sollte, um Kahekili und seine Gebeine zu begleiten und ihn für immer im Schattenreich der anderen Welt zu bedienen, und daß sie niemand anders als Anapuni und mich dazu bestimmt hatten.«

»Das Moepuu, das Menschenopfer«, erläuterte Pool. »Aber es war doch schon neun Jahre her, seit die Missionare gekommen waren.«

»Und in dem Jahre, bevor sie kamen, waren die Götzenbilder gestürzt und die Tabus gebrochen worden«, fügte Kumuhana hinzu. »Aber die Häuptlinge hielten noch an den alten Gebräuchen, an der Sitte des Hunakele fest, versteckten die Gebeine der Aliis, wo kein Mensch sie finden konnte, und verfertigten Angelhaken aus ihren Kinnladen oder aus ihren langen Knochen Pfeilspitzen für die lustige Mäusejagd. Schau, Kanaka Oolea!«

Der alte Mann streckte die Zunge aus, und Pool sah zu seiner Bestürzung, daß die Oberfläche dieses empfindlichen Organs von der Wurzel bis zur Spitze mit verschlungenen Zeichen tätowiert war.

»Das geschah, nachdem die Missionare gekommen waren, mehrere Jahre später, als Keopuolani starb. Auch schlug ich mir vier Schneidezähne aus und brannte mit glühender Rinde Halbkreise auf meinem Leibe ein. Und wer sich in jener Nacht zur Tür hinauswagte, wurde von den Häuptlingen erschlagen. Auch durfte in keinem Hause Licht gebrannt oder das leiseste Geräusch gemacht werden. Selbst Hunde und Schweine, die Lärm machten, wurden erschlagen, und die ganze Nacht durften die Haolen im Hafen nicht die Schiffsglocken läuten. Es war in jenen Tagen etwas Furchtbares, wenn ein Alii starb. Doch die Nacht, in der Kahekili starb! Als Konukalani Malia an den Haaren fortgeschleppt hatte, blieben wir weiter im Kreise der Trinkenden sitzen. Einige der Haolen-Matrosen murrten; aber ihrer waren in jenen Tagen wenige in unserem Land, und der Kanaken waren viele. Und nie hat ein Mensch je Malia wiedergesehen. Konukalani allein wußte, wie sie beseitigt war, und er sprach nie. Und wie konnten in jenen Tagen niedrige Männer wie Anapuni und ich es wagen, zu fragen? Nun hatte sie zu Anapuni gesprochen, ehe sie fortgeschleppt worden war. Aber Anapunis Herz war schwarz. Mir sagte er nichts. Wert war er, getötet zu werden, wie ich es gedacht hatte. Im Kreise befand sich ein riesenhafter Harpunier, dessen Singen dem Gebrüll von Stieren glich; ich sah ihn bestürzt an, wie er irgendein Lied auf das Meer brüllte, und als ich dann wieder zu Anapuni hinüberblickte, war Anapuni verschwunden. Er war in die hohen Berge geflohen, wo er sich sieben Monate lang bei den Vogelstellern versteckte. Das erfuhr ich später. Ich? Ich saß noch da und schämte mich, daß mein Verlangen nach dem Weibe geringer gewesen war als mein Sklavengehorsam gegen einen Häuptling. Und ich ertränkte meine Schande in Strömen von Rum und Whisky, bis die ganze Welt sich um mich und in meinem Kopf drehte, die Southern Cross eine Hula in den Wolken tanzte und die Koolauberge ihren hohen Gipfel gegen Waikiki neigten, daß die Brandung von Waikiki ihnen die Stirn küßte. Und der riesenhafte Harpunier brüllte immer noch, und seine Stimme klang mir in den Ohren, als ich rückwärts auf die Lauhalamatte fiel und wie ein Toter schlief.

Als ich aufwachte, brach schon die Dämmerung herein. Ein nackter Fuß stieß mich hart in die Rippen. So ungeheuer viel ich auch getrunken hatte, war doch das Gefühl, als der Fuß mich stieß, nicht angenehm. Die Kanaken und Wahinen hatten das Gelage verlassen. Ich war allein unter den schlafenden Matrosen zurückgeblieben, und der riesenhafte Harpunier hatte den Kopf auf meine Füße gelegt und schnarchte wie ein Wal.

Weitere Fußtritte folgten. Ich setzte mich auf, und mir war sehr schlecht. Aber der, welcher mich trat, war ungeduldig und fragte, ob ich wüßte, wo Anapuni sei. Und ich wußte es nicht und bekam Fußtritte, diesmal von beiden Seiten von zwei ungeduldigen Männern, weil ich es nicht wußte. Ich wußte auch nicht, daß Kahekili tot war. Jedoch erriet ich, daß etwas Ernstes im Gange war, denn die beiden Männer, die mir Fußtritte versetzten, waren Häuptlinge, und kein gemeiner Mann kroch hinter ihnen her, um ihre Befehle auszuführen. Der eine war Aimoku von Kaneche, der andere Humuhumu von Manoa.

Sie befahlen mir, mit ihnen zu kommen, und ihr Befehl war nicht freundlich, und als ich aufstand, rollte der Kopf des riesenhaften Harpuniers von meinen Füßen über den Rand der Matte in den Sand. Er grunzte wie ein Schwein, seine Lippen öffneten sich, seine Zunge wälzte sich aus dem Munde heraus auf den Sand, und er zog sie nicht zurück. Zum erstenmal sah ich, wie lang die Zunge eines Menschen ist. Als ich sah, wie der Sand auf der Zunge klebte, wurde mir wieder schlecht. Es ist etwas Schreckliches, der Tag nach einer durchzechten Nacht. Ich war wie Feuer, trockenes Feuer, mein ganzes Innere war wie ausgebrannte Schlacke, wie Aa-Lava, trocken und sandig, wie die Zunge des Harpuniers. Ich bückte mich nach einer halb ausgetrunkenen Kokosnuß, aber Aimoku stieß sie mir aus den zitternden Fingern, und Humuhumu schlug mich mit der Faust in den Nacken.

Sie schritten nebeneinander vor mir her, mit feierlichen schwarzen

Gesichtern, und ich schritt hinter ihnen. Mein Mund stank nach dem Trinken, und mein Kopf war krank von dem schalen Dunst, und ich hätte mir die Hand abschneiden können für einen Trunk Wasser, einen Trunk, nur einen Schluck. Und hätte ich ihn gehabt, so wäre er in meinem Magen verzischt wie auf heiße Röststeine vergossenes Wasser. Es ist etwas Schreckliches, der Tag nach einer durchzechten Nacht. Das Leben vieler Männer, die jung starben, ist an mir vorübergegangen, seit ich imstande war, solch tolles Trinken der Jugend mitzumachen, die kein Maß kennt und sich nicht abschrecken läßt.

Als wir aber weitergingen, merkte ich, daß irgendein Alii gestorben war. Kein Kanake lag schlafend im Sande oder stahl sich heim nach der Liebesnacht, kein Kanu war draußen zum frühen Fischfang, der leichter ist als innerhalb des Riffs beim Gezeitenwechsel. Als wir an dem Heiau (Tempel) vorbeikamen, an der Stelle, wo der große Kamehameha mit seinen Briggs und Schonern hinauszufahren pflegte, sah ich, daß die Matten von dem großen Doppelkanu Kahekilis im Kanuschuppen abgenommen waren und daß viele Männer gerade dabei waren, es jetzt bei Ebbe über den Sand zum Wasser zu schleppen. Aber all diese Männer waren Häuptlinge. Und obwohl meine Augen schwammen und sich alles in meinem Kopfe drehte und drehte, und mein Inneres wie ausgebrannte Schlacke war, erriet ich doch, daß der Alii, der gestorben war, Kahekili war. Denn er war alt und von allen Aliis dem Tode am nächsten gewesen.«

»Ich habe gehört, daß es mehr sein Tod als die Vermittlung Kekuanaos war, was den Aufstand Gouverneur Bokis verhinderte«, bemerkte Hardman Pool.

»Es war Kahekilis Tod, der ihn verhinderte«, bestätigte Kumuhana. »Als sein Tod in jener Nacht bekannt wurde, floh das Volk in den Schutz der Grashäuser, zündete weder Licht noch Pfeifen an, hielt den Atem an, blieb drinnen und war deshalb tabu für die Opferung. Und sowohl die gemeinen Krieger Gouverneur Bokis wie seine Haolen-Deserteure flohen auf diese Weise, so daß er keine Bedienung für die Bronzekanonen hatte, und seine Handvoll Häuptlinge vermochte nichts auszurichten. Aimoku und Humuhumu ließen mich dort, wo das große Doppelkanu zu Wasser gebracht wurde, auf dem Sande niedersitzen. Und als es schwamm, waren alle die Häuptlinge, die solche schwere Arbeit nicht gewohnt waren, durstig; und man befahl mir, die Palmen neben dem Kanuschuppen zu erklettern und Trink-Kokosnüsse herunterzuwerfen. Sie tranken und erquickten sich.

Dann trugen sie Kahekili aus seinem Haus in einem neuen, geölten und gefirnißten Haolen-Sarg zum Kanu. Der Sarg war von einem Schiffszimmermann verfertigt, der gedacht hatte, er müsse ein Boot bauen, das nicht lecken dürfe. Er war vollkommen abgedichtet, und über der Stelle, wo das Gesicht Kahekilis lag, war nichts als dünnes Glas. Die Häuptlinge hatten die Bretter nicht über dem Glas angeschraubt. Vielleicht kannten sie die Art der Haolen-Särge nicht; jedenfalls aber war ich sehr glücklich darüber, wie du sehen wirst.

›Es ist nur *ein* Moepuu‹, sagte der Priester Eoppo, als er mich im Kanu auf dem Sarge sitzen sah. Die Häuptlinge paddelten das Kanu schon durch das Riff hinaus.

›Der andere ist fortgelaufen und hat sich versteckt‹, antwortete Aimoku. ›Wir haben nur diesen einen bekommen.‹

Und da wußte ich es. Ich wußte alles. Ich sollte geopfert werden. Anapuni war zum zweiten Opfer bestimmt gewesen. Das war es, was Malia ihm beim Gelage zugeflüstert hatte. Und sie war fortgeschleppt worden, ehe sie es mir hatte erzählen können. Und in der Schwärze seines Herzens hatte er mir nichts gesagt.

›Es müßten zwei sein‹, sagte Eoppo. ›So will es das Gesetz.‹

Aimoku hielt im Paddeln inne und sah nach dem Ufer zurück, als wollte er umkehren und ein zweites Opfer holen. Aber mehrere von den Häuptlingen widersprachen und sagten, alles gemeine Volk sei in die Berge geflohen oder habe Tabu-Schutz in den Häusern gesucht, und es könne Tage dauern, ehe sie auch nur einen einzigen fingen. Schließlich gab Eoppo nach, wenn er auch hin und wieder murmelte, daß das Gesetz zwei Moepuus verlange.

Wir paddelten weiter, an der Diamantenspitze vorbei, und hielten uns auf der Höhe der Kokospitze, bis wir mitten im Kanal von Molokai waren. Hier gingen die Wellen hoch, obgleich der Passat nur leise wehte. Die Häuptlinge ruhten sich vom Paddeln aus, mit Ausnahme des Steuermanns, der die Kanus mit dem Bug gegen Wind und Seegang hielt. Und ehe sie weiter paddelten, öffneten sie noch einige Kokosnüsse und tranken.

›Daß ich das Moepuu sein soll, ist nicht so schlimm‹, sagte ich zu Humuhumu, ›aber ich möchte gern etwas trinken, ehe ich erschlagen werde.‹

Ich bekam nichts zu trinken. Aber ich sprach die Wahrheit. Ich war zu krank von dem vielen Rum und Whisky, als daß ich mich vor dem Tode gefürchtet hätte. Dann stank mein Mund wenigstens nicht mehr, mein Kopf schmerzte nicht mehr, und mein Inneres war nicht mehr so trocken wie heißer Sand. Fast am allerschlimmsten war mir der Gedanke an die Zunge des Harpuniers, wie ich sie, mit Sand bedeckt, gesehen hatte. Kanaka Oolea, welche Tiere sind junge Männer, wenn sie trinken! Erst wenn sie alt geworden sind, wie du und ich, zügeln sie die Ausschweifung ihres Durstes und trinken mäßig – wie du und ich.«

»Weil wir müssen«, stimmte Hardman Pool ihm zu. »Alte Mägen sind verbraucht und empfindlich, und wir trinken mäßig, weil wir nicht mehr zu trinken wagen. Wir sind weise, aber die Weisheit ist bitter.«

»Der Priester Eoppo sang einen langen Mele über Kahekilis Mutter und die Mutter von Kahekilis Mutter und alle ihre Mütter bis zum Beginn der Zeiten zurück«, berichtete Kumuhana weiter. »Und es schien, daß ich sterben sollte, ehe meine sandheiße Trockenheit gelöscht war. Und er rief alle Götter der unteren, der mittleren und der oberen Welt an, daß sie für den toten Alii sorgen und freundlich zu ihm sein und daß sie die Flüche erhören sollten, die er gegen jeden später Lebenden aussprach, der die Knochen Kahekilis je zur Mäusejagd entweihen sollte.

Weißt du, Kanaka Oolea, der Priester sprach eine ganz andere Sprache, und ich weiß, daß es die Priestersprache, die alte Sprache war. Wenn er von Maui sprach, sagte er nicht Maui, sondern Maui-Tiki-Tiki und Maui-Po-Tiki. Und Hina, die Göttermutter Mauis, nannte er Ina. Und der Göttervater Mauis nannte er zuweilen Akalana und zuweilen Kanaloa. Merkwürdig, daß einer, der sterben soll und sehr durstig ist, sich solcher Dinge erinnert! Und ich erinnere mich, daß der Priester Hawaii Vaii und Lanai Ngangai nannte.«

»Das waren die Maori-Namen«, erklärte Hardman Pool, »und die samoanischen und tonganischen Namen, die die Priester auf ihren ersten Reisen aus dem Süden mitbrachten, vor langen, langen Zeiten, als sie Hawaii entdeckten und sich hier niederließen.«

»Groß ist deine Weisheit, Kanaka Oolea«, gab der Alte feierlich zu. »Ku, unsere Himmelsstütze, nannte der Priester Tu oder auch Ru; und La, unsern Sonnengott, nannte er Ra –«

»– und Ra war vor alten Zeiten ein Sonnengott in Ägypten«, unterbrach Pool ihn mit aufflammendem Interesse. »Wahrlich, ihr Polynesier seid weit gereist in Raum und Zeit, seit euerem Anbeginn. Es ist ein weiter Weg vom alten Ägypten zu der Zeit, als Atlantis noch nicht untergegangen war, bis nach dem jungen Hawaii im nördlichen Stillen Ozean. Doch fahre fort, Kumuhana. Erinnerst du dich sonst noch an etwas von dem, was der Priester Eoppo sang?«

»Ganz zum Schluß«, nickte der Alte, »sang er etwas, von dem ich jedes Wort behalten habe, obwohl ich halbtot war und bald unter dem Messer des Priesters sterben sollte. Höre! Es war so.«

Und mit tremolierender Kopfstimme, in den üblichen Vierteltönen, sang der Alte.

»Ein Maori-Totenlied, ganz unverkennbar«, erklärte Hardman Pool, »von einem Hawaiianer mit tätowierter Zunge gesungen! Wiederhole es noch einmal.«

Und als der andere es wiederholt hatte, sagte er es langsam auf englisch:

»Aber der Tod ist nichts Neues.
Der Tod ist und war von je, seit der alte Maui starb.
Da lachte Pata-tai laut.
Und weckte den Koboldgott,
Der ihn zerstückelte und einsperrte,
So daß die Abenddämmerung kam.«

»Und schließlich«, ergriff Kumuhana wieder das Wort, »schließlich wurde ich doch nicht erschlagen. Eoppo, der das tötende Messer schon in der Hand hielt und hob, stieß nicht zu. Und ich? Was fühlte und dachte ich? Oft, Kanaka Oolea, habe ich seitdem bei dem Gedanken daran gelacht. Ich war sehr durstig. Ich wollte nicht sterben, und immer wieder mußte ich an die tausend Wasserfälle denken, die unnütz an der Luvseite der Koolauberge herabstürzten. Aber immer wieder sah ich vor meinen Augen die mit trockenem Sand bedeckte Zunge des Harpuniers, wie ich sie zuletzt im Sande gesehen hatte. Meine Zunge war ebenso. Und auf dem Boden des Kanus rollten viele Kokosnüsse herum. Aber ich versuchte nicht zu trinken, denn sie waren Häuptlinge, und ich war ein gemeiner Mann.

›Nein‹, sagte Eoppo und befahl den Häuptlingen, den Sarg über Bord zu werfen. ›Es sind nicht zwei Moepuus, und deshalb soll es keinen geben.‹

›Erschlage den einen‹, riefen die Häuptlinge.

Aber Eoppo schüttelte den Kopf und sagte: ›Wir können Kahekili nicht mit Tarospitzen allein auf seinen Weg schicken.‹

›Ein halber Fisch ist besser als gar keiner‹, sagte Aimoku mit dem alten Sprichwort.

›Nicht bei der Beisetzung eines Aliis‹, lautete die schnelle Antwort des Priesters. ›So lautet das Gesetz. Wir können bei Kahekili nicht knausern und ihm nur die Hälfte des Opfers geben, das ihm zusteht.‹

So wurde ich denn nicht in dem Augenblick, als der Sarg über Bord ging, erschlagen. Und seltsam: In dieser Sekunde freute ich mich, daß ich leben durfte. Und ich begann an Malia zu denken und Rache an Anapuni zu brüten. Und wie mein Blut wieder frischer wallte, fühlte ich zehnfach meinen Durst, und meine Zunge und mein Mund und meine Kehle schienen so sandig zu sein wie die

Zunge des Harpuniers. Da der Sarg jetzt über Bord war, konnte ich auf dem Boden des Kanus sitzen. Eine Kokosnuß rollte mir zwischen die Beine, und ich schloß sie über ihr. Als ich sie aber in meine Hand nahm, schlug Aimoku meine Hand mit der Paddelschneide beiseite. Schau!«

Er hob die Hand und zeigte zwei Finger, die gekrümmt waren, weil man sie ihm nicht wieder eingerenkt hatte. »Ich hatte keine Zeit, meinen Schmerz zu fühlen, denn Schlimmeres stand mir bevor. Alle Häuptlinge schrien laut auf vor Schrecken. Der Sarg war nicht gesunken, er schwamm mit dem Kopfende oben. Achtern vor uns tanzte er auf und nieder in der See. Und das Kanu, in dem niemand mehr darauf achtete, den Bug in See und Wind zu halten, wurde von See und Wind gegen den Sarg getrieben. Und die Glasscheibe war gerade vor uns, so daß wir Gesicht und Kopf Kahekilis durch das Glas sehen konnten. Und er grinste uns durch das Glas an und schien schon in der andern Welt zu leben und, zornig auf uns, mit der Macht der andern Welt seinen Zorn über uns auszulassen. Auf und nieder tanzte er, und das Kanu trieb immer näher auf ihn zu.

›Töte ihn!‹ – ›Laß ihn bluten!‹ – ›Stoß ihm das Messer ins Herz!‹ So riefen die Häuptlinge in ihrer Furcht Eoppo zu. ›Hinüber mit den Tarospitzen!‹ ›Laß den Alii seinen halben Fisch haben!‹

Eoppo war, obwohl Priester, ebenfalls erschrocken, und seine Vernunft schwand beim Anblick Kahekilis in seinem Haolensarg, der nicht sinken wollte. Er packte mich am Haar, zog mich auf die Füße und hob das Messer, um es mir ins Herz zu stoßen. Und in mir war kein Widerstand. Wieder wußte ich nur, daß ich durstig war, und vor meinen schwimmenden Augen baumelte dicht vor mir in der Luft die sandige Zunge des Harpurniers. Ehe aber das Messer niedersauste, geschah das, was mich rettete. Akai, ein Halbbruder des Gouverneurs Boki, wie du wohl weißt, war der Steuermann des Kanus und war deshalb – im Stern des Bootes – dem Toten mit seinem Sarg, der nicht sinken wollte, am nächsten. Er war wild vor Angst und schlug mit der Spitze der Paddel nach dem Sarg, um den Alii abzuhalten, an Bord zu kommen. Die Paddelspitze traf das Glas. Das Glas zerbrach –«

»– und der Sarg sank sofort«, unterbrach ihn Hardman Pool. »Die Luft, die ihn oben gehalten hatte, entwich durch das zerbrochene Glas.«

»Der Sarg sank sofort, da er von dem Schiffszimmermann wie ein Boot gebaut war«, bestätigte Kumuhana. »Und ich, der ich ein Moepuu war, wurde wieder ein Mensch. Und ich lebte, wenn ich auch vor Durst tausend Tode starb, ehe ich wieder an den Strand von Waikiki kam.

Und daher, Kanaka Oolea, kommt es, daß die Gebeine Kahekilis nicht im Königlichen Mausoleum liegen. Sie sind auf dem Grunde des Kanals von Molokai, wenn sie nicht längst zu treibendem Schlammstaub geworden oder, umschlossen von den Körpern der toten und vergangenen Korallentiere, selbst Korallenriff geworden sind. Von Menschen bin ich der einzige Lebende, der die Gebeine Kahekilis im Kanal von Molokai versinken sah.«

In dem eintretenden Schweigen, währenddessen Hardman Pool in tiefes Nachdenken versunken war, leckte Kumuhana sich immer wieder die trockenen Lippen. Schließlich brach er die Stille:

»Die zwölf Dollar, Kanaka Oolea, für den Esel und den gebrauchten Sattel und das Zaumzeug?«

»Die zwölf Dollar wären dein«, erwiderte Pool und reichte dem Alten sechs und einen halben Dollar, »hätte ich nicht gerade unter dem Gerümpel in meinem Stall das Zaumzeug, das du brauchst, und den Sattel, und das sollst du haben. Für diese sechseinhalb Dollar kannst du dir den passenden Esel dazu von dem Pake (Chinesen) zu Kokako kaufen, der mir gestern sagte, daß er so viel kostete.«

Sie saßen da, und Pool sagte sinnend immer wieder das Maori-Totenlied, das er gehört hatte, vor sich hin, namentlich die eine Zeile: »So daß die Abenddämmerung kam«, die seinem Schönheitssinn unendlich zusprach; Kumuhana leckte sich die Lippen und gab zu erkennen, daß er noch auf etwas wartete. Schließlich brach er das Schweigen.

»Ich habe lange gesprochen, Kanaka Oolea. Die Feuchtigkeit in meinem Mund hält nicht mehr so lange vor wie in meiner Jugend. Mir scheint, der qualvolle Durst ist wieder über mir, den ich litt, als ich die Zunge des Harpuniers vor mir zu sehen glaubte. Milch mit Genever ist sehr gut, Kanaka Oolea, für eine Zunge wie die des Harpuniers.«

Der Schatten eines Lächelns flackerte über das Gesicht Pools. Er klatschte in die Hände, und das kleine Mädchen kam gelaufen.

»Bring ein Glas Milch mit Genever für den alten Kumuhana«, befahl Hardman Pool.

»Weil wir krank sind, berauben sie uns unserer Freiheit. Wir haben dem Gesetz gehorcht. Wir haben nichts Böses getan. Und doch wollen sie uns ins Gefängnis werfen. Molokai ist ein Gefängnis. Das wissen wir. Niuli, hier – seine Schwester wurde vor sieben Jahren nach Molokai geschickt. Er hat sie nie wiedergesehen. Er wird sie nie wiedersehen. Sie muß dort bleiben bis zu ihrem Tode. Es ist nicht ihr Wille. Es ist nicht Niulis Wille. Es ist der Wille der weißen Männer, die das Land beherrschen. Und wer sind sie, diese weißen Männer?

Wir wissen es. Wir haben es von unsern Vätern und von den Vätern unserer Väter gehört. Sie kamen wie die Lämmer und sprachen sanft. Wohl mochten sie sanft sprechen, denn wir waren viele, und wir waren stark, und alle Inseln gehörten uns. Wie gesagt, sie sprachen sanft. Sie waren von zweierlei Art. Die einen baten uns um Erlaubnis, um unsere gnädige Erlaubnis, uns Gottes Wort zu predigen. Die anderen baten uns um Erlaubnis, um unsere gnädige Erlaubnis, mit uns Handel zu treiben; das war der Anfang. Heute gehören alle Inseln ihnen, aller Boden, alles Vieh – alles gehört ihnen. Die, welche das Wort Gottes predigten, und die, welche das Wort des Rums predigten, haben sich zusammengetan und sind große Häuptlinge geworden. Sie wohnen wie Könige in Häusern mit vielen Zimmern und haben eine Unzahl von Dienern, die für sie sorgen. Die, welche nichts hatten, haben jetzt alles, und wenn ihr oder ich oder irgendein Kanake hungrig ist, so lachen sie höhnisch und sagen: ›Nun, warum arbeitet ihr nicht? Es gib ja Plantagen.‹« Koolau schwieg. Er hob die eine Hand und schob mit seinen verkrüppelten und verzerrten Fingern den roten Hibiskuskranz zurück, der sein schwarzes Haar krönte. Der Mondschein badete die Szene in Silber. Es war eine Nacht des Friedens, aber die um ihn her saßen und seinen Worten lauschten, sahen aus wie Kriegsinvaliden. Ihre Gesichter waren löwenartig. Hier klaffte ein Loch in einem Gesicht, wo eine Nase hätte sein sollen, dort sah man einen Armstumpf, wo eine Hand abgefault war. Sie waren Männer und Frauen außerhalb der menschlichen Gesellschaft, alle dreißig, denn das Zeichen des Tieres war ihnen aufgeprägt worden.

Mit Blumenkränzen geschmückt, saßen sie in der duftenden, leuchtenden Nacht, von ihren Lippen ertönten seltsame Laute, und ihre Kehlen fauchten der Rede Koolaus Beifall. Sie waren Geschöpfe, die einst Männer und Frauen gewesen. Aber sie waren keine Männer und Frauen mehr. Sie waren Ungeheuer – in Angesicht und Gestalt groteske Karikaturen alles Menschlichen. Sie waren furchtbar verstümmelt und sahen aus wie Geschöpfe, die Jahrtausende in der Hölle gefoltert waren. Ihre Hände – wenn sie Hände hatten – glichen den Krallen von Harpyien. Ihre Gesichter waren mißgeschaffene Verirrungen, zerschmettert und zerquetscht von irgendeinem irrsinnigen Gott, der mit der Maschinerie des Lebens gespielt hatte. Hier und da sah man ein Gesicht, das der irrsinnige Gott ausgelöscht hatte, und eine Frau weinte brennende Tränen aus zwei entsetzlichen Höhlen, wo einst Augen gewesen. Einige hatten Schmerzen in der Brust und stöhnten. Andere husteten, daß es klang, als würde ein Stück Stoff zerrissen. Zwei waren schwachsinnig und glichen großen Mißgeburten, so daß selbst ein Affe ein Engel im Vergleich mit ihnen war. Sie schnitten Grimassen und plauderten im Mondschein unter Kränzen goldener Blumen, die ihnen in die Stirn hingen. Einer, dessen geschwollenes Ohrläppchen wie ein Fächer auf seine Schulter herabhing, ergriff eine riesige orangefarbene und scharlachrote Blüte, und er schmückte damit sein schreckliches Ohr, das bei jeder Bewegung hin und her baumelte. Und König dieser Geschöpfe war Koolau. Und dies war sein Königreich – eine von Blumen strotzende Schlucht mit Klippen und Felsblöcken, von denen das Gemecker wilder Ziegen erscholl. Auf drei Seiten erhoben sich die schroffen Wände, mit phantastischen Draperien tropischen Pflanzenwuchses geschmückt und von Eingängen zu Höhlen – den Felswohnungen der Untertanen Koolaus – durchbohrt. Auf der vierten Seite sank der Boden in einen furchtbaren Schlund hinab, und tief unten konnte man kleinere Zinnen und Blöcke sehen, um deren Fuß die Brandung des Stillen Ozeans schäumte und murrte. Bei gutem Wetter konnte ein Boot am Felsstrand landen, der den Zugang zum Kalalautal bildete, aber es mußte sehr gutes Wetter sein. Und ein kaltblütiger Bergsteiger konnte vom Strande zum Kalalautal hinaufklettern, zu dieser Schlucht zwischen den Zinnen, wo Koolau herrschte; aber ein solcher Bergsteiger mußte sehr kaltblütig sein, und er mußte auch die Pfade der wilden Ziegen kennen. Ein Wunder war es, daß die Menge von menschlichen Wracks, die das Volk Koolaus bildeten, imstande gewesen war, ihr hilfloses Elend auf den schwindelnden Ziegenpfaden bis zu diesem unzugänglichen Orte zu schleppen.

»Brüder«, begann Koolau.

Aber eine der murmelnden, affenartigen Karikaturen stieß einen wilden Wahnsinnsschrei aus, und Koolau wartete, während das schrille Gelächter von den Felswänden hin und her geworfen wurde, um fern in der stillen Nacht zu verhallen.

»Brüder, ist es nicht seltsam? Unser war das Land, und seht, das Land ist nicht mehr unser. Was gaben uns diese Prediger vom Worte Gottes und vom Worte des Rums für das Land? Hat einer von euch einen Dollar, auch nur einen einzigen Dollar für das Land erhalten? Und doch gehört es ihnen, und zum Dank sagen sie uns, daß wir Arbeit im Lande, in ihrem Lande erhalten können, und was wir durch unsere Mühe und Arbeit erzeugen, soll ihnen gehören. Aber in alten Tagen brauchten wir nicht zu arbeiten. Und wenn wir krank sind, rauben sie uns die Freiheit.«

»Wer brachte uns die Krankheit, Koolau?« fragte Kiloliana, ein magerer, sehniger Mann, mit einem Gesicht, das dermaßen dem eines lachenden Fauns glich, daß man beinahe die gespaltenen Hufe an seinen Beinen zu sehen erwartete. Gespalten waren sie zweifellos, aber die Spalten waren große Wunden und bläuliche Fäulnis. Und doch war Kiloliana der kühnste Kletterer von ihnen allen, der Mann, der jeden Ziegenpfad kannte, und der Koolau und sein unglückseliges Gefolge nach der Zuflucht von Kalalau geführt hatte.

»Ja, recht gefragt«, antwortete Koolau. »Weil wir nicht in den Zuckermühlen arbeiten wollten, wo früher unsere Pferde weideten, führten sie chinesische Sklaven von jenseits des Meeres ein. Und mit ihnen kam die chinesische Krankheit, an der wir leiden, und um deretwillen sie uns auf Molokai einsperren möchten. Wir sind auf Kauai geboren. Wir haben auf den andern Inseln gewohnt, einige hier, einige dort, auf Oahu, auf Maui, auf Hawaii, auf Honolulu. Aber stets kehrten wir nach Kauai zurück. Warum kehrten wir zurück? Das muß einen Grund haben. Weil wir Kauai lieben. Wir sind hier geboren. Wir haben hier gelebt. Und hier wollen wir sterben – wenn nicht – wenn nicht – mutlose Herzen unter uns sind. Die können wir nicht gebrauchen. Die passen besser nach Molokai. Und sind welche unter uns, so sollen sie nicht hierbleiben. Morgen landen die Soldaten am Strande. Laßt die mutlosen Herzen zu ihnen gehen. Dann werden sie schnell nach Molokai geschickt. Wir andern aber wollen bleiben und kämpfen. Aber wißt, daß wir nicht sterben wollen. Wir haben Gewehre. Ihr kennt die schmalen Pfade, wo man einer hinter dem andern kriechen muß. Ich, Koolau, der einst Viehhirt auf Niihau war, kann einen solchen Pfad allein gegen tausend Mann halten. Hier sitzt Kapalei, der einst Richter über Männer und ein angesehener Mann war, jetzt aber eine gejagte Ratte ist wie ich und ihr. Hört, was er sagt. Er ist weise.«

Kapalei erhob sich. Einst war er Richter gewesen. Er hatte die

Universität in Punahou besucht. Er hatte mit Lords und Häuptlingen und den hohen Repräsentanten fremder Mächte bei Tisch gesessen, die die Interessen der Händler und Missionare behüteten. Das war Kapalei gewesen. Jetzt aber war er, wie Koolau gesagt hatte, eine gejagte Ratte, ein Geschöpf außerhalb des Gesetzes, so tief im Schlamm des menschlichen Schreckens versunken, daß er über dem Gesetze wie unter ihm stand. Sein Gesicht hatte keine Züge mehr außer den klaffenden Löchern und den lidlosen Augen, die unter haarlosen Brauen brannten.

»Wir wollen uns nicht erheben«, begann er. »Wir verlangen nur, in Frieden gelassen zu werden. Lassen sie uns aber nicht in Frieden, dann tragen sie die Schuld am Aufstand und werden bestraft werden. Meine Finger sind fort, wie ihr seht.« Er hielt die Stümpfe seiner Hände hoch, daß alle sie sehen konnten. »Aber ich habe noch ein Glied von einem Daumen, und damit kann ich einen Drücker so sicher bedienen, wie seine verschwundenen Genossen es früher konnten. Wir lieben Kauai. Laßt uns leben oder sterben, aber laßt uns nicht nach Molokai ins Gefängnis gehen. Es ist nicht unsere Krankheit. Wir haben nicht gesündigt. Die Männer, die das Wort Gottes und das Wort des Rums predigen, haben die Krankheit mit den Kulis gebracht, die auf dem gestohlenen Lande arbeiten. Ich bin Richter gewesen. Ich kenne das Gesetz und die Gerechtigkeit, und ich sage euch, daß es ungerecht ist, einem Manne sein Land zu stehlen, ihn mit der chinesischen Krankheit zu behaften und dann für Lebenszeit ins Gefängnis zu werfen.«

»Das Leben ist kurz und der Tag voller Schmerz«, sagte Koolau. »Laßt uns trinken und tanzen und so froh sein, wie wir können.«

Aus einer der Felshöhlen wurden Kalebassen gebracht und herumgereicht. Die Kalebassen waren mit der scharfen Flüssigkeit gefüllt, die aus der Wurzel der Tipflanze destilliert wird; und als das flüssige Feuer ihre Körper durchdrang und in ihre Gehirne stieg, vergaßen sie, daß sie einst Männer und Frauen gewesen, denn sie waren wieder Männer und Frauen. Ihre Gesichter waren tierisch. Die Frau, die heiße Tränen aus ihren leeren Augenhöhlen weinte, war wirklich Weib, wie sie an den Saiten einer Ukulélé zupfte und ihre Stimme zu ihrem barbarischen Liebesruf erhob, so wie er in den dunklen Waldestiefen in der Urwelt geklungen haben mochte. Die Luft erzitterte von ihrem Ruf, der sanft gebieterisch und verführerisch war. Auf einer Matte tanzte Kiloliana nach dem Rhythmus dieses Gesanges. Es war unverkennbar. Die Liebe tanzte in all seinen Bewegungen, und einen Augenblick darauf tanzte neben ihm auf der Matte eine Frau, deren schwere Hüften und voller Busen ihr von der

Krankheit verheertes Gesicht Lügen strafte. Es war ein Tanz lebender Leichname, denn in ihrem verwesenden Körper liebte und sehnte sich noch das Leben. Immer noch sang die Frau, deren blinde Augen heiße Tränen weinten, ihren Liebesruf, immer noch tanzten die Liebestänzer in der lauen Nacht, und immer noch gingen die Kalebassen herum, bis in allen Gehirnen die Würmer des Verlangens und der Erinnerung krochen. Und mit der Frau zusammen tanzte auf der Matte ein schlankes junges Mädchen, dessen Gesicht schön und unbeschädigt war, dessen verzerrte Arme aber, die sich hoben und senkten, das Werk der Krankheit zeigten. Und die beiden Idioten tanzten, seltsame Laute murmelnd, grotesk und phantastisch eine Parodie der Liebe, wie das Leben sie selbst zur Parodie gemacht hatte. Aber der Liebesruf der Frau wurde plötzlich unterbrochen, die Kalebassen sanken zu Boden, und die Tänzer hielten inne, während alle in die Schlucht über dem Meere starrten, wo eine Rakete glühend wie ein blasses Phantom in der mondhellen Luft emporstieg.

»Das sind die Soldaten«, sagte Koolau. »Morgen gibt es Kampf. Es ist das klügste, zu schlafen und vorbereitet zu sein.«

Die Aussätzigen gehorchten und krochen in ihre Felsenhöhlen, und nur Koolau blieb, die Büchse über dem Knie, unbeweglich im Mondschein sitzen und starrte hinab auf die Schiffe, die am Strande anlegten.

Der höchstgelegene Teil des Kalalautals war eine gutgewählte Zuflucht. Mit Ausnahme Kilolianas, der Schleichwege über die steilen Felswände wußte, konnte kein Mensch die Schlucht erreichen, ohne einen messerscharfen Kamm zu überschreiten. Dieser Übergang war hundertfünfzig Schritt lang und höchstens zwölf Zoll breit. Zu beiden Seiten klaffte der Abgrund. Ein Ausgleiten, und jeder stürzte rechts oder links in den Tod. War man aber einmal hinübergelangt, so befand man sich in einem irdischen Paradies. Ein Meer von Vegetation überschwemmte die Landschaft, strömte in grünen Wogen von Wand zu Wand, tropfte in großen Rankenmassen von den Felsen herab und schleuderte ein Gesprüh von Farnen und Luftpflanzen in zahlreiche Spalten. In den vielen Monaten von Koolaus Regierung hatten er und seine Begleiter dieses Pflanzenmeer bekämpft. Der würgende Dschungel mit seinem Chaos von Blumen war von Bananen, Apfelsinen und wilden Mangos zurückgedrängt. Auf schmalen Rodungen wuchs wilder Salep; auf Steinterrassen, die mit mühsam herbeigeschaffter Erde gefüllt waren, gab es Tarofelder und Melonen; und auf jedem freien Plätzchen, wohin der Sonnenschein drang, standen mit goldenen Früchten beladene Papaiabäume.

Koolau war vom unteren Tal am Strande nach diesem Zufluchtsort vertrieben worden. Und wurde er hier wieder vertrieben, so kannte er Schluchten in dem Gewirr von Zinnen im Innern des Landes, wohin er seine Untertanen führen und wo er sich niederlassen konnte. Und jetzt lag er da, die Büchse neben sich, und spähte durch einen zerzausten Laubschirm auf die Soldaten am Ufer hinab. Er bemerkte, daß sie große Kanonen hatten, die wie Spiegel im Sonnenschein schimmerten. Der messerscharfe Kamm lag gerade vor ihm. Er konnte die Menschen wie Pünktchen auf dem Pfade kriechen sehen, der heraufführte. Er wußte, daß es kein Militär war, sondern Polizei. Hatten sie keinen Erfolg, so würden sich die Soldaten in das Spiel mischen.

Er strich zärtlich mit der verstümmelten Hand über den Büchsenlauf und überzeugte sich, daß das Korn sauber war. Er hatte als Jäger auf Niihau schießen gelernt, und dort war seine Fertigkeit in dieser Kunst noch unvergessen. Als die Menschenpunkte sich allmählich näherarbeiteten und größer wurden, berechnete er den Abtrieb, den der Wind verursachte, der im rechten Winkel zur Schußlinie sauste, und veranschlagte die Möglichkeit, zu hoch zu schießen nach einem Ziel, das so tief unter seinem eigenen Standpunkt lag. Aber er schoß nicht. Erst als sie den Anfang des Pfades erreichten, verriet er seine Anwesenheit. Er zeigte sich nicht, sondern rief aus dem Gebüsch.

»Was wollt ihr?« fragte er.

»Wir wollen Koolau, den Aussätzigen holen«, antwortete der Anführer der eingeborenen Polizei, ein blauäugiger Amerikaner.

»Ihr müßt umkehren«, sagte Koolau.

Er kannte den Mann, einen Gendarmen, denn er war es, der ihn von Niihau quer über Kauai nach dem Kalalautal und vom Tal bis in die Schlucht verfolgt hatte.

»Wer bist du?« fragte der Gendarm.

»Ich bin Koolau, der Aussätzige«, lautete die Antwort.

»Dann komm herunter. Wir wollen dich holen. Tot oder lebend ist ein Preis von tausend Dollar auf deinen Kopf gesetzt. Entkommen kannst du nicht.«

Koolau lachte laut in seinem Gebüsch.

»Komm herunter«, befahl der Gendarm, erhielt aber nur Schweigen zur Antwort.

Er beriet sich mit der Polizei, und Koolau sah, daß sie Vorbereitungen zum Sturm trafen.

»Koolau!« rief der Gendarm. »Koolau, jetzt komme ich hinüber, um dich zu fangen.«

»Dann schau dir die Sonne und das Meer und den Himmel noch einmal gut an, denn es ist das letztemal, da du sie siehst.«

»Schon recht, Koolau«, sagte der Gendarm beruhigend. »Ich weiß, daß du ein sicherer Schütze bist. Aber du wirst mich nicht erschießen, denn ich habe dir nie etwas zuleide getan.«

Koolau brummte etwas in seinem Gebüsch.

»Ich sage, du weißt wohl, daß ich dir nie etwas zuleide getan habe, nicht wahr?« beharrte der Gendarm.

»Du tust mir etwas zuleide, wenn du versuchst, mich ins Gefängnis zu werfen«, lautete die Antwort.

»Und du tust mir etwas zuleide, wenn du versuchst, tausend Dollar zu gewinnen, die auf meinen Kopf gesetzt sind. Willst du dein Leben behalten, so bleib, wo du bist.«

»Ich muß dich holen. Es tut mir leid. Aber es ist meine Pflicht.«

»Du stirbst, ehe du herüberkommst.«

Der Gendarm war kein Feigling. Aber er konnte keinen Entschluß fassen. Er starrte in den Abgrund zu beiden Seiten und ließ den Blick den messerscharfen Kamm entlangschweifen, den er überschreiten sollte. Dann entschloß er sich.

»Koolau«, rief er.

Aber das Gebüsch war und blieb stumm.

»Koolau, schieße nicht. Jetzt komme ich.«

Der Gendarm drehte sich um, er erteilte den Polizisten einige Befehle und begab sich dann auf seinen gefährlichen Weg. Langsam kam er näher. Es war, wie wenn er auf einem straffen Seil ginge. Er hatte keine andere Stütze als die Luft. Die Lava zerbröckelte unter seinen Füßen, und auf beiden Seiten fielen die abgerissenen Brocken in die Tiefe. Die Sonne schien auf ihn herab, und sein Gesicht war naß von Schweiß. Immer weiter rückte er vor, bis er die Mitte erreicht hatte.

»Halt!« kommandierte Koolau aus dem Gebüsch. »Noch einen Schritt weiter, und ich schieße!«

Der Gendarm blieb stehen und schwankte, um das Gleichgewicht zu bewahren, während er schwebend über der Leere stand. Sein Gesicht war blaß, aber seine Augen waren entschlossen. Er leckte sich die trockenen Lippen, ehe er sprach:

»Koolau, du wirst mich nicht erschießen. Ich weiß, daß du es nicht tun wirst.«

Er ging weiter. Die Kugel wirbelte ihn halb herum. Sein Gesicht nahm einen Ausdruck unangenehmer Überraschung an, als er vor dem Fall wankte. Er versuchte sich zu retten, indem er seinen Körper quer über den Felskamm warf; aber im selben Augenblick kam der Tod. Gleich darauf war der schmale Felskamm leer. Dann kam der Sturm, fünf Polizisten liefen im Gänsemarsch in prachtvoller

Ruhe über den Kamm. Im selben Augenblick eröffneten die übrigen Polizisten das Feuer auf das Gebüsch. Es war Wahnsinn. Fünfmal drückte Koolau ab, so schnell, daß seine Schüsse wie ein Rattern klangen. Er wechselte die Lage, bückte sich unter den Kugeln, die durch das Gebüsch schnitten und sangen, und sah hinaus. Vier Schutzleute waren dem Gendarmen in die Tiefe gefolgt. Der fünfte lag quer über dem Kamm und lebte noch. Drüben standen die übrigen Polizisten, aber sie schossen nicht mehr.

Auf dem nackten Felsen gab es keine Hoffnung für sie. Ehe sie hinüberkämen, würde Koolau sie bis auf den letzten Mann abschießen. Aber er schoß auch nicht, und nach einer Beratung zog einer von ihnen sein weißes Hemd aus und winkte damit wie mit einer Fahne. Von einem zweiten gefolgt, ging er auf dem scharfen Kamm hinaus zu seinem verwundeten Kameraden. Koolau gab kein Zeichen, sondern sah sie sich langsam zurückziehen und zu Punkten werden, während sie in das untere Tal hinabstiegen.

Zwei Stunden später beobachtete Koolau aus einem andern Gebüsch eine Abteilung Polizei, die den Aufstieg von der entgegengesetzten Seite des Tales aus versuchte. Er sah die wilden Ziegen vor ihnen flüchten, aber sie kletterten immer höher, bis er an seinem eigenen Urteil zweifelte und nach Kiloliana schickte, der zu ihm hinkroch.

»Nein, dort ist kein Weg«, sagte Kiloliana.

»Aber die Ziegen?« fragte Koolau.

»Die kommen vom Nachbartal, aber sie können nicht herüberkommen. Es gibt keinen Weg. Die Männer sind nicht klüger als die Ziegen. Sie werden sich vielleicht zu Tode stürzen. Laß uns sehen.«

»Es sind kühne Männer«, sagte Koolau. »Laß uns sehen.«

Seite an Seite lagen sie im Strahlenglanz des Morgens da, während die gelben Haublüten auf sie herabfielen, und sahen die kleinen Männer, die mühsam emporkletterten, bis das Erwartete geschah und drei von ihnen von einem Felskamm herabglitten, rollten, rutschten, stürzten und fast fünfhundert Fuß tief fielen.

Kiloliana kicherte.

»Jetzt kriegen wir nichts mehr zu tun«, sagte er.

»Sie haben Kanonen«, antwortete Koolau. »Die Soldaten haben noch nicht mitgesprochen.«

An dem schläfrigen Nachmittag lagen die meisten Aussätzigen in ihren Felslöchern und schliefen. Koolau saß, die Büchse über dem Knie, frisch gewaschen und halb schlafend, aber bereit, im Eingang seiner eigenen Höhle. Das Mädchen mit den entstellten Armen lag tiefer im Gebüsch und bewachte den schmalen Zugang. Plötzlich wurde Koolau durch einen Knall am Strande aufgescheucht. Im nächsten Augenblick war es, als würde die Atmosphäre in unglaublicher Weise zersplittert. Das furchtbare Krachen erschreckte ihn. Es war, als hätten alle Götter den Himmel in ihre Hände genommen und ihn auseinandergezerrt, wie eine Frau ein Stück Baumwollstoff zerreißt. Es war ein ungeheures reißendes Geräusch, und es kam schnell immer näher. Furchtsam sah Koolau empor, als erwartete er, etwas zu sehen. Da explodierte die Granate hoch oben auf dem Felsen über seinem Kopf in einer Wolke von schwachem Rauch. Der Fels wurde gesprengt, und die Splitter fielen am Fuße des Riffs nieder.

Koolau wischte sich mit der Hand über die schweißige Stirn. Er war furchtbar erschüttert. Noch nie hatte er Granatfeuer erlebt, und dies war schrecklicher als alles, was er sich vorgestellt hatte. »Eins«, sagte Kapahei, der plötzlich den Einfall hatte, zu zählen.

Eine zweite und eine dritte Granate flogen heulend über die Felswand hinweg und explodierten außer Sicht. Kapahei zählte sie methodisch. Die Aussätzigen versammelten sich auf dem freien Platz vor den Höhlen. Anfangs waren sie erschrocken, als die Granaten aber immer wieder über ihre Köpfe hinwegflogen, wurden sie ruhiger und begannen das Schauspiel zu bewundern. Die beiden Schwachsinnigen kreischten vor Entzücken und tanzten mit wilden Gebärden, wenn die Granate die Luft über ihnen spaltete. Koolau wurde wieder zuversichtlich. Es wurde kein Schaden angerichtet. Sie konnten offenbar mit großem Geschütz auf so weite Entfernung nicht so genau zielen wie mit einer Büchse.

Bald aber änderte sich die Situation. Die Granaten fielen näher. Eine von ihnen explodierte im Gebüsch bei der schmalen Passage. Koolau fiel das Mädchen ein, das dort Wache hielt, und er lief hinunter, um nach ihr zu sehen.

Der Rauch stieg noch aus den Büschen auf, als er hineinkroch. Er war entsetzt. Die Zweige waren zersplittert und zerbrochen. Wo das Mädchen gelegen hatte, war jetzt ein Loch im Boden. Das Mädchen selbst war völlig zerfetzt. Die Granate war direkt auf ihr explodiert.

Nachdem er zuerst hinausgespäht hatte, um sich zu vergewissern, daß die Soldaten nicht versuchten, den Zugang zu forcieren, lief er nach den Höhlen zurück. Ununterbrochen jammerten, kreischten, heulten die Granaten an ihm vorbei, und das Tal hallte polternd von dem Krachen wider. Als er die Höhlen erblickte, sah er die zwei Schwachsinnigen herumtanzen, wobei sie sich mit den Stümpfen ihrer Finger an den Händen hielten. Noch während Koolau lief, sah er ein schwarze Rauchsäule dicht neben den Schwachsinnigen vom Boden aufsteigen. Sie wurden durch die Explosion auseinandergeschleudert. Der eine blieb unbeweglich liegen, während der andere sich auf den Händen nach der Höhle schleppte. Er zog hilflos die Beine nach und das Blut troff aus seinem Körper. Er schien in Blut gebadet, und beim Kriechen winselte er wie ein kleiner Hund. Die übrigen Aussätzigen waren mit Ausnahme Kapaheis in die Höhlen geflüchtet.

»Siebzehn«, sagte Kapahei. »Achtzehn«, fügte er hinzu. Die letzte Granate war in eine der Höhlen gedrungen. Die Explosion hatte zur Folge, daß die Höhlen sich leerten, aber aus dieser einen kam niemand heraus. Koolau kroch durch den weißen scharfen Rauch hinein. Vier schrecklich verstümmelte Leichen lagen drinnen, darunter die blinde Frau, deren Tränen jetzt versiegt waren.

Draußen fand Koolau seine Leute in wildem Schrecken und schon im Begriff, den Ziegenpfad hinaufzusteigen, der aus der Schlucht zu einem Gewirr von Höhen und Klippen führte. Der verwundete Schwachsinnige, der leise wimmerte und sich auf den Händen über den Boden schleppte, versuchte ihnen zu folgen. Aber bei der ersten Steigung überwältigte ihn seine Hilflosigkeit, und er blieb liegen.

»Es wäre das beste, ihn totzuschlagen«, sagte Koolau zu Kapahei, der immer noch auf derselben Stelle saß.

»Zweiundzwanzig«, antwortete Kapahei. »Ja, es wäre das beste, ihn totzuschlagen. Dreiundzwanzig – vierundzwanzig.«

Der Schwachsinnige kreischte laut auf, als er die Büchse auf sich gerichtet sah. Koolau zauderte, dann senkte er das Gewehr.

»Es ist hart, das tun zu müssen«, sagte er.

»Du bist ein Dummkopf; sechsundzwanzig, siebenundzwanzig«, sagte Kapahei. »Laß mich!«

Er stand auf und näherte sich dem verwundeten Geschöpf mit einem schweren Stein in der Hand. Als er den Arm hob, um zuzuschlagen, explodierte eine Granate gerade vor ihm und befreite ihn von der Notwendigkeit der Tat, während sie gleichzeitig seinem Zählen ein Ende machte. Koolau war allein in der Schlucht. Er sah die letzten seiner Leute ihre verkrüppelten Leiber über den Rand der Anhöhe schleppen und verschwinden. Dann wandte er sich um und ging in das Gebüsch hinab, wo das Mädchen getötet worden war. Das Granatfeuer hielt noch an, aber er blieb, wo er war; denn tief drunten konnte er die Soldaten emporklimmen sehen. Eine Granate explodierte zehn Schritt von ihm, und während er sich flach auf den Boden drückte, hörte er die Sprengstücke über seinen Körper hinwegsausen. Ein Schauer von Haublüten regnete auf ihn herab. Er hob den Kopf, um den Pfad hinabzusehen, und seufzte. Er fürchtete sich sehr. Die Gewehrkugeln hätten ihn nicht gestört, aber dieses Granatfeuer war abscheulich. Jedesmal, wenn eine Granate heulend an ihm vorbeifuhr, schauderte ihn, und er duckte sich; aber jedesmal hob er wieder den Kopf, um den Pfad zu beobachten.

Schließlich hörte das Granatfeuer auf. Das, dachte er, kam wohl daher, daß die Soldaten jetzt in der Nähe waren. Sie krochen im Gänsemarsch den Pfad entlang, und er versuchte sie zu zählen, aber es waren ihrer zu viele. Mindestens hundert waren es – und alle hatten es auf Koolau, den Aussätzigen, abgesehen. Einen Augenblick durchfuhr ihn der Stolz. Mit Kanonen und Gewehren, Polizei und Soldaten jagten sie ihn, und er war nur ein einzelner Mann, und obendrein das verkrüppelte Wrack eines Mannes. Sie boten tausend Dollar für ihn, tot oder lebendig. Sein ganzes Leben hatte er nicht so viel Geld besessen. Dieser Gedanke war bitter. Kapahei hatte recht gehabt. Er, Koolau, hatte keinem etwas getan. Aber weil die Haolen Arbeiter brauchten, um das gestohlene Land zu bebauen, hatten sie die chinesischen Kulis hergebracht, und mit ihnen war die Krankheit gekommen. Und weil die Krankheit ihn angesteckt hatte, war er jetzt tausend Dollar wert – aber er hatte nichts davon. Es war sein wertloser, von der Krankheit verfaulter oder durch eine explodierende Granate getöteter Leichnam, der all das Geld wert war.

Als die Soldaten den messerscharfen Kamm erreichten, fühlte er sich versucht, sie zu warnen. Aber sein Blick fiel auf die Leiche des gemordeten Mädchens, und er schwieg. Als sechs sich auf den Kamm hinausgewagt hatten, eröffnete er das Feuer. Und als der Kamm gesäubert war, hielt er nicht inne. Er leerte sein Magazin, füllte und leerte es wieder. Er schoß immer weiter. All das ihm angetane Unrecht flammte in seinem Hirn, und er raste vor Rachgier. Den ganzen Ziegenpfad entlang feuerten die Soldaten, und obwohl sie der Länge nach ausgestreckt dalagen und sich hinter den kleinen Unebenheiten der Erdoberfläche zu decken versuchten, boten sie sich ihm doch wie Scheiben dar. Die Kugeln pfiffen und schlugen gegen den Felsen um ihn her, und hin und wieder sang ein Prellschuß scharf durch die Luft. Eine Kugel pflügte eine Furche durch seine Kopfhaut, und eine andere streifte brennend sein Schulterblatt, ohne ihn zu verwunden.

Es war ein Blutbad, das ein einziger Mann anrichtete. Die Soldaten zogen sich zurück und nahmen ihre Verwundeten mit sich. Während Koolau sie abschoß, spürte er den Geruch verbrannten Fleisches. Er sah sich zuerst um und entdeckte dann, daß es seine eigenen Hände waren. Das Gewehr war heiß geworden. Der Aussatz hatte die meisten Nerven in seinen Händen zerstört. Obwohl sein Fleisch brannte, daß es roch, fühlte er doch nichts.

Er lag im Dickicht und lächelte, bis ihm die Kanonen einfielen. Zweifellos würden sie das Feuer wieder eröffnen und diesmal gerade auf das Gebüsch, wo er ihnen so gefährlich geworden war. Kaum hatte er sich hinter einen kleinen Vorsprung der Felsmauer begeben, wohin, wie er bemerkt hatte, keine Granaten fielen, als das Bombardement auch schon wieder begann. Er zählte die Granaten. Noch sechzig wurden in die Schlucht geschleudert, ehe die Kanonen schwiegen. Das kleine Fleckchen Erde war von den Explosionen ganz zerrissen, und es schien unmöglich, daß ein Geschöpf das überlebt haben könnte. Das meinten auch die Soldaten, denn sie begannen wieder in der glühenden Nachmittagssonne den Ziegensteig zu erklimmen. Und wieder wurde ihnen der schmale Zugang streitig gemacht, und wieder mußten sie sich nach dem Strande zurückziehen. Noch zwei Tage lang versperrte Koolau ihnen den Weg, und die Soldaten begnügten sich damit, seinen Zufluchtsort mit Granaten zu belegen. Dann erschien Pahau, ein aussätziger Knabe, auf der Felswand hinter der Schlucht und rief ihm zu, daß Kiloliana abgestürzt wäre und den Tod gefunden hätte, als er Ziegen jagte, damit sie etwas zu essen bekämen, und daß die Frauen sich fürchteten und nicht wüßten, was sie tun sollten. Koolau rief den Knaben zu sich und hieß ihn, den Zugang mit einem Gewehr, das er in Reserve hatte, zu bewachen. Koolau fand seine Leute entmutigt. Der größte Teil war zu hilflos, um sich unter schwierigen Umständen selbst Nahrung zu verschaffen, und alle hungerten. Er wählte zwei Frauen und einen Mann, bei denen die Krankheit noch nicht zu weit fortgeschritten war, und schickte sie nach der Schlucht zurück, um Nahrungsmittel und Matten zu holen. Die übrigen ermutigte und tröstete er, bis selbst die Schwächsten halfen, einfache Hütten zu erbauen.

Aber die, welche er ausgeschickt hatte, um Nahrungsmittel zu holen, kamen nicht wieder, und so begab er sich wieder in die Schlucht. Als er auf den Rand der Felswand trat, knallten ein Dutzend Gewehre. Eine Kugel fuhr durch den fleischigen Teil seiner Schulter, und seine Wange wurde von einem Felssplitter verletzt, den eine andere Kugel aus der Wand lossprengte. Im selben Augenblick sprang er zurück, aber er hatte gesehen, daß die Schlucht voll von Soldaten war. Seine eigenen Leute hatten ihn verraten. Das Granatfeuer war zu furchtbar gewesen, und sie hatten das Gefängnis auf Molokai vorgezogen.

Koolau ging zurück und nahm einen seiner schweren Patronengürtel ab. Zwischen den Felsen liegend, wartete er, bis Kopf und

Schulter des ersten Soldaten deutlich zum Vorschein kamen, ehe er abdrückte. Das geschah zweimal, und nach einer Pause wurde statt eines Kopfes und einer Schulter eine weiße Fahne über den Rand der Felswand gehoben.

»Was wollt ihr?« fragte er.

»Wenn du Koolau, der Aussätzige, bist, so will ich dich holen«, lautete die Antwort.

Koolau vergaß, wo er war, er vergaß alles, wie er dalag und sich über den seltsamen Eifer dieser Haolen wunderte, die ihren Willen durchsetzen wollten, und wenn der Himmel einstürzte. Ja, sie wollten ihren Willen bei allen Menschen und allen Dingen durchsetzen, und wenn sie sterben mußten. Unwillkürlich mußte er sie ihres Willens wegen bewundern, der stärker als das Leben war und alles zwang, ihrem Gebot zu gehorchen. Er war überzeugt, daß sein Kampf aussichtslos war. Es war unmöglich, gegen den furchtbaren Willen der Haolen anzukämpfen. Und wenn er tausend tötete, so erhoben sie sich wie Sand am Meere und kamen über ihn, immer mehr und mehr. Sie wußten nie, wann sie besiegt waren. Das war ihr Fehler und ihre Tugend. Das war es, was seiner eigenen Rasse fehlte. Er sah jetzt ein, wie es möglich war, daß diese Handvoll Prediger Gottes und des Rums das Land erobert hatten. Es war vorbei –.

»Nun, was hast du zu sagen? Willst du mitkommen?«

Es war die Stimme des unsichtbaren Mannes unter der weißen Fahne. Wie die andern Haolen ging auch er entschlossen direkt auf die Sache los.

»Laß uns miteinander reden«, sagte Koolau.

Kopf und Schulter des Mannes kamen zum Vorschein, darauf sein ganzer Körper. Es war ein blauäugiger junger Mann von fünfundzwanzig Jahren mit einem blassen Gesicht, schlank und fein in seiner Hauptmannsuniform. Er trat vor, bis Koolau Halt gebot, und setzte sich in einer Entfernung von einigen Schritten nieder.

»Sie sind ein tapferer Mann«, sagte Koolau erstaunt. »Ich könnte sie töten wie eine Fliege.«

»Nein, das könntest du nicht«, lautete darauf die Antwort.

»Warum nicht?«

»Weil du ein Mann bist, Koolau, wenn auch ein schlechter. Ich kenne deine Geschichte. Du tötest nur ehrlich.«

Koolau grunzte, aber heimlich war er zufrieden.

»Was haben Sie mit meinen Leuten gemacht?« fragte er. »Mit dem Jungen, mit den zwei Frauen und dem Mann?«

»Sie haben sich ergeben, und ich fordere dich jetzt auf, dasselbe zu tun.«

Koolau lachte ungläubig.

»Ich bin ein freier Mann«, erklärte er. »Ich habe kein Unrecht getan. Alles, was ich verlange, ist, in Frieden gelassen zu werden. Ich habe frei gelebt, und ich will frei sterben. Ich ergebe mich nie.«

»Dann sind deine Leute klüger als du«, antwortete der junge Hauptmann. »Sieh dort – dort kommen sie.«

Koolau wandte sich um und sah den Rest seiner Schar sich nähern. Stöhnend und jammernd schleppten sie ihr Elend in einem unheimlichen Zuge an ihm vorbei. Koolau bekam noch tiefere Bitternis zu schmecken, denn im Vorbeigehen überschütteten sie ihn mit Flüchen und Hohn; und die stöhnende alte Frau, die den Zug schloß, blieb stehen, und ihre mageren Harpyienkrallen ausstreckend und ihren knurrenden Totenkopf schüttelnd, stieß sie einen Fluch gegen ihn aus. Einer nach dem andern ließ sich über den Kamm gleiten und ergab sich den Soldaten, die in den Verstecken lagen.

»Jetzt können Sie gehen«, sagte Koolau zum Hauptmann. »Ich ergebe mich nie. Dies ist mein letztes Wort. Leben Sie wohl.«

Der Hauptmann ließ sich über den Felsen zu seinen Soldaten gleiten. Im nächsten Augenblick hob er ohne Parlamentärflagge den Hut auf seiner Säbelscheide, und die Kugel Koolaus durchbohrte ihn.

Am selben Nachmittag bombardierten sie ihn vom Strande aus, und als er sich zu den hohen, unzugänglichen Schlupflöchern weiter oben zurückzog, folgten die Soldaten ihm.

Sechs Wochen lang jagten sie ihn von einem Versteck zum andern, auf den Ziegensteigen über die vulkanischen Zinnen. Als er sich in dem Lantanadschungel versteckte, bildeten sie Reihen wie auf einer Treibjagd und jagten ihn wie ein Kaninchen durch den Dschungel und den Guavabusch. Aber immer wieder wand er sich hindurch und entkam ihnen. Sie konnten ihn nicht stellen. Kamen sie ihm zu nahe, so hielt seine sichere Büchse sie zurück, und sie mußten ihre Verwundeten auf den Ziegensteigen zum Strande hinabtragen. Zuweilen, wenn sein brauner Körper einen Augenblick zwischen dem Gebüsch zum Vorschein kam, schossen sie auch. Einmal begegneten ihm fünf von ihnen auf einem freien Ziegensteig zwischen den Verstecken. Sie verschossen ihre Gewehre, während er hinkend den schwindelnden Weg emporklomm. Später fanden sie Blutspuren und wußten, daß er verwundet war. Nach sechs Wochen gaben sie es auf, Soldaten und Polizei kehrten nach Honolulu zurück und überließen ihm das Kalalautal zu eigen, und nur Kopfjäger wagten sich von Zeit zu Zeit zu ihrem eigenen Mißgeschick in seine Nähe. Zwei Jahre später kroch Koolau zum letztenmal in ein Gebüsch und legte sich zwischen die Tiblätter und die wilden Ingwerblätter. Frei hatte er gelebt, und frei starb er. Ein leichter Staubregen begann zu fallen, und er zog eine zerlumpte Decke über das verstümmelte Wrack seiner Glieder. Sein Körper war von einem Regenmantel bedeckt. Über seine Brust legte er sein Mausergewehr und zärtlich wischte er die Feuchtigkeit vom Laufe. Die Hand, mit der er das tat, hatte keine Finger mehr.

Er schloß die Augen, denn an der Schwäche in seinem Körper und an dem schläfrigen Durcheinander in seinem Gehirn erkannte er, daß sein Ende nahe war. Wie ein wildes Tier war er in ein Versteck gekrochen, um zu sterben. Nur halbbewußt, ziellos und unklar durchlebte er in Gedanken noch einmal seine Jugend auf Niihau. Während das Leben verrann und das Träufeln der Regentropfen in seinen Ohren undeutlich wurde, kam es ihm vor, als ritte er wieder Pferde zu, während die jungen Stuten stiegen und Kapriolen unter ihm machten, wobei er die Steigbügel unter dem Pferdebauch zusammengebunden hatte, oder die Tiere schossen wie wahnsinnig im Pferch herum, so daß seine helfenden Cowboys über die Einfriedung springen mußten. Im nächsten Augenblick war er – und es erschien ihm ganz natürlich – im Begriff, die wilden Stiere auf den Weiden des Hochlandes zu verfolgen, sie zu zügeln und in die Täler zu ziehen. Wieder brannten der Schweiß und der Staub des Brandpferchs ihm in den Augen und bissen ihn in der Nase.

Seine ganze kräftige, gesunde Jugend war wieder sein, bis die Schmerzen der bevorstehenden Auflösung ihn in die Wirklichkeit zurückriefen. Er hob seine verstümmelten Hände und starrte sie verwundert an. Aber wie? Warum? Warum mußte die Gesundheit seiner wilden Jugend sich so verändern? Dann erinnerte er sich, und wieder war er für einen Augenblick Koolau, der Aussätzige. Seine Lider sanken müde herab, und er hörte das Träufeln des Regens nicht mehr. Ein lang anhaltendes Zittern durchfuhr seinen Körper. Dann hörte auch das auf. Er hob den Kopf ein wenig, aber der fiel wieder zurück. Dann öffneten sich seine Augen und schlossen sich wieder. Sein letzter Gedanke galt seinem Mausergewehr, und er preßte es mit den gefalteten, fingerlosen Händen an die Brust.

Leb wohl, Jack!

Hawaii ist ein merkwürdiges Land. In sozialer Beziehung ist alles gewissermaßen auf den Kopf gestellt. Nicht daß die Dinge nicht korrekt wären. Aber dennoch sind sie auf irgendeine Art auf den Kopf gestellt. Die Allerexklusivsten sind die Missionare. Es überrascht einen, wenn man hört, daß in Hawaii der demütige, martyriumsuchende Missionar zuoberst am Tisch der Geldaristokratie sitzt. Aber so ist es. Die einfachen Neuengländer, die im dritten Jahrzehnt des neunzehnten Jahrhunderts hierherkamen, hatten das erhabene Ziel vor Augen, den Kanaken die wahre Religion, die Anbetung des einen, einzigen, echten und unleugbaren Gottes zu lehren. Und so viel Erfolg hatten sie hierin sowie darin, dem Kanaken die Zivilisation beizubringen, daß er nach einer oder zwei Generationen praktisch ausgestorben war. Während dies die Frucht von der Saat des Evangeliums war, wurde die Frucht von der Saat der Missionare (den Söhnen und Enkeln), daß sie selbst von den Inseln – von dem Land, den Häfen, den Städten und den Zuckerplantagen – Besitz ergriffen. Der Missionar, der gekommen war, um das Brot des Lebens auszuteilen, blieb und fraß den ganzen heidnischen Schmaus.

Man kann nicht von Hawaii erzählen, ohne die Missionare zu erwähnen.

So will ich zum Beispiel jetzt von Jack Kersdale erzählen. Er stammte aus einer Missionarfamilie, das heißt von seiten seiner Großmutter. Sein Großvater war der alte Benjamin Kersdale, ein Yankeehändler, der in den alten Tagen seine erste Million durch den Verkauf billigen Whiskys und Genevers in viereckigen Flaschen verdiente. Und es ist noch etwas Seltsames dabei. Die alten Missionare und die alten Händler waren Todfeinde. Ihre Interessen waren ja entgegengesetzt. Aber ihre Kinder versöhnten sich, heirateten einander und teilten die Inseln unter sich. Das Leben in Hawaii ist ein Lied. Wie Stoddard es in seinem »Hawaii Nei« sagt:

»Dein Leben ist Musik – das Schicksal mach' es lang,
Jed' Insel eine Strophe, das Ganze ein Gesang.«

Und er hat recht. Fleisch ist golden dort. Die eingeborenen Frauen sind sonnenreife Junos und die eingeborenen Männer Bronzeappollos. Sie singen und tanzen und sind mit Blumen geschmückt und bekränzt. Die weißen Männer, die nicht zu den gestrengen Missionaren gehören, geben Klima und Sonne nach, und soviel sie auch zu tun haben, sind sie doch stets geneigt, zu tanzen und zu singen und Blumen hinter den Ohren und im Haar zu tragen. Jack Kersdale war einer von ihnen. Er war einer der beschäftigsten Menschen, die ich je getroffen habe. Er war mehrfacher Millionär. Er war Zuckerkönig, Kaffeepflanzer, Gummipionier, Viehzüchter und Mitbegründer von drei Vierteln der neuen Unternehmungen, die auf den Inseln in Angriff genommen waren. Er war ein guter Gesellschafter, Klubmann, Segelsportler, Junggeselle, und alles in allem ein so schöner Mann, wie ihn die Mütter heiratsfähiger Töchter je angebetet haben. Er hatte, nebenbei bemerkt, an der Yale-Universität studiert, und sein Kopf war mit wichtiger Statistik und gelehrtem Wissen über Hawaii Nei mehr angefüllt als der irgendeines andern Mannes, den ich je auf den Inseln getroffen habe. Er hatte eine ungeheure Arbeitskraft, und er sang und tanzte und steckte sich Blumen ins Haar, so eifrig wie nur irgendein Tagedieb. Er war tapfer und hatte sich zweimal duelliert – beide Male aus politischen Gründen –, als er kaum mehr als ein unreifer Jüngling war, der seinen ersten Schritt auf der Laufbahn der Politik machte. Er spielte tatsächlich eine höchst ehrenvolle und mutige Rolle bei der letzten Revolution, als das eingeborene Herrscherhaus gestürzt wurde, und er war damals nicht älter als sechzehn Jahre. Ich betone ausdrücklich, daß er kein Feigling war, damit der Leser besser verstehen kann, was ihm später zustieß. Ich habe ihn auf der Reitbahn des Haleakalahofes eine vierjährige Bestie besiegen sehen, die zwei Jahre lang den besten Bereitern von Tempsky getrotzt hatte. Und noch etwas muß ich erzählen. Es geschah unten in Kona – oder vielmehr oben, denn die Leute in Kona lassen sich nicht dazu herab, in weniger als tausend Fuß Höhe zu wohnen. Wir befanden uns alle auf dem Lanai bei Dr. Goodhues Villa. Ich unterhielt mich gerade mit Dottie Fairchild, als es geschah. Ein großer Tausendfuß – er war sieben Zoll lang, denn wir maßen ihn später – fiel von den Deckenbalken gerade auf ihr Haar. Ich muß gestehen, daß die Häßlichkeit des Tieres mich lähmte. Ich konnte mich nicht rühren. Meine Gedanken versagten. Nicht einen Schritt von mir wand sich der giftige Teufel in ihrem Haar. Jeden Augenblick konnte er auf ihre bloße Schulter fallen – wir kamen gerade vom Mittagessen.

»Was gibt es?« fragte sie und wollte sich mit der Hand an den Kopf fassen.

»Lassen Sie!« rief ich. »Lassen Sie!«

»Aber was ist denn?« wiederholte sie und erschrak über den Schrecken, den sie in meinen Augen und auf meinen stammelnden Lippen sah.

Mein Ruf zog sich die Aufmerksamkeit Kersdales zu. Er warf einen gleichgültigen Blick auf uns, aber mit diesem einen Blick erfaßte er alles. Er trat zu uns, ohne sich jedoch besonders zu beeilen.

»Bewegen Sie sich nicht, Dottie«, sagte er ruhig.

Er zögerte nicht, übereilte sich aber auch nicht und tat nichts Falsches. »Gestatten Sie«, sagte er.

Und mit der einen Hand ergriff er ihren Schal und zog ihn ihr dicht um die Schultern, so daß der Tausendfuß nicht in den Ausschnitt ihres Kleides fallen konnte. Mit der andern Hand – der rechten – griff er in ihr Haar, packte das widerwärtige Tier, so gut er konnte, und hielt es zwischen Daumen und Zeigefinger, während er es aus ihrem Haar zog. Es war ein so furchtbarer und heldenmütiger Anblick, wie ihn ein Mensch sich nur wünschen kann. Mir lief es kalt den Rücken hinunter. Der Tausendfuß, sieben Zoll krabbelnder Beine, wand und drehte und schlängelte sich um seine Hand, während sich der Körper um seine Finger bog und die Beine sich bei den Befreiungsversuchen des Tieres unter seine Haut gruben und ihn kratzten. Es biß ihn zweimal – ich sah es –, obwohl er den Damen versicherte, daß ihm nichts geschehen war, als er es zu Boden warf und zertrat.

Fünf Minuten darauf sah ich ihn ihm Sprechzimmer, wo Dr. Goodhue die Wunden ätzte und eine Einspritzung von übermangansaurem Kali machte. Am nächsten Morgen war Kersdales Arm so dick wie ein Faß, und es dauerte drei Wochen, bis die Geschwulst verschwunden war.

Dies alles hat nichts mit der Geschichte zu tun, aber ich muß es erzählen, um zu zeigen, daß Jack Kersdale alles eher als ein Feigling war. Es war der schönste Beweis von Mut, den ich je gesehen habe. Er zeigte keine Spur von Unruhe. Nicht einmal das Lächeln wich von seinen Lippen. Er steckte Daumen und Zeigefinger so vergnügt in Dottie Fairchilds Haar, als wäre es eine Konfektdose. Und doch sollte ich diesen Mann sehen, von einem Schrecken gepackt, der tausendmal entsetzlicher war als meine Furcht, als ich das ekelhafte Tier sich in Dottie Fairchields Haar krümmen und über ihren Augen und der Fallgrube ihres ausgeschnittenen Kleides hängen sah.

Ich interessierte mich für Aussatz, und hierüber wie über alle andern die Insel betreffenden Fragen besaß Kersdale umfassende Kenntnisse. Aussatz war geradezu eines seiner Steckenpferde. Er war ein glühender Verteidiger der Kolonie auf Molokai, wo alle Aussätzigen der Inseln isoliert wurden. Unter den von Demagogen aufgehetzten Eingeborenen wurde viel über die Grausamkeiten auf Molokai geredet, wo Männer und Frauen gezwungen wurden, nicht nur von Verwandten und Freunden verbannt, sondern auch in ständiger Gefangenschaft bis zu ihrem Tode zu leben. Es gab keine Begnadigung, keine Milderung des Urteils. »Lasset alle Hoffnung fahren«, stand über dem Tor von Molokai geschrieben.

»Ich sage Ihnen, sie sind dort glücklich«, behauptete Kersdale. »Und es geht ihnen unendlich viel besser als ihren Freunden und Verwandten anderswo, denen nichts fehlt. Die ›Schrecken von Molokai‹ sind törichtes Gerede. Ich kann Sie durch irgendein beliebiges Armenviertel in jeder großen Weltstadt führen und Ihnen Schrecken zeigen, die tausendmal schlimmer sind. Der lebende Tod! Die Geschöpfe, die einst Menschen waren! Unsinn! Sie sollten diese lebenden Toten ihr Pferderennen am vierten Juli abhalten sehen; einige von ihnen haben Boote. Einer hat eine Motorjolle. Sie haben nichts anderes zu tun, als sich zu amüsieren. Nahrung, Unterkunft, Kleidung, ärztliche Hilfe, alles bekommen sie. Sie sind Schützlinge des Staates. Das Klima ist viel besser als in Honolulu, und die Landschaft ist prachtvoll. Ich hätte wahrhaftig nichts dagegen, den Rest meiner Tage dort zu verbringen. Es ist ein herrlicher Ort.

So sprach Kersdale von den frohen Aussätzigen. Er fürchtete sich nicht vor Aussatz. Das sagte er selber und fügte hinzu, daß die Chance, angesteckt zu werden, für ihn und jeden andern weißen Mann eins zu einer Million wäre, wenn er auch hinterher einräumte, daß einer seiner Schulkameraden, Alfred Starter, die Krankheit bekommen hatte, nach Molokai geschickt worden und dort gestorben sei.

»Wissen Sie, in alten Tagen«, erklärte Kersdale, »gab es keine sichere Nachprüfung der Aussatzdiagnose. Irgend etwas Ungewöhnliches oder Anormales an einem Menschen genügte, um ihn nach Molokai zu schicken. Die Folge war, daß Dutzende von Leuten hingeschickt wurden, die nicht aussätziger waren als Sie und ich. Aber solche Irrtümer werden nicht mehr begangen. Die Probe der Gesundheitskommission ist unfehlbar. Das Komische ist, daß sie, als die Probe erfunden wurde, gleich nach Molokai fuhren und sie anstellten und dabei eine Anzahl Patienten fanden, die nicht aussätzig waren. Die wurden gleich von der Insel weggeschickt. Ob sie sich darüber freuten? Sie jammerten noch schlimmer, daß sie die Kolonie verlassen sollten, als sie getan hatten, als sie von Honolulu dorthin geschickt wurden. Einige weigerten sich zu gehen, und man mußte direkt Zwang gegen sie anwenden. Einer von ihnen heiratete sogar eine Aussätzige im letzten Stadium der Krankheit, schrieb rührende Briefe an die Gesundheitskommission und protestierte dagegen, fortgejagt zu werden, indem er behauptete, daß niemand so gut wie er seine arme, alte Frau pflegen könnte.«

»Was ist denn das für eine unfehlbare Probe?« fragte ich.

»Die bakteriologische. Sie ist unangreifbar. Doktor Hervey – einer unserer Sachverständigen, wissen Sie – war der erste, der sie hier anwandte. Er ist der reine Zauberkünstler. Er versteht von Aussatz mehr als irgendein lebender Mensch, und findet man je ein Heilmittel, so wird er es sein, der es findet. Die Probe selbst ist ganz einfach. Es ist ihnen geglückt, den Leprabazillus in Reinkultur zu züchten und zu studieren. Jetzt erkennen sie ihn, sobald sie ihn sehen. Sie brauchen nichts zu tun, als dem Verdächtigen ein Stück Haut abzuschneiden und es der bakteriologischen Probe zu unterziehen. Ein Mensch ohne sichtbare Symptome kann voll von Leprabazillen sein.«

»Dann können vielleicht auch Sie oder ich in diesem Augenblick voll davon sein«, meinte ich.

Kersdale zuckte die Achseln und lachte.

»Wer kann das sagen? Die Inkubationszeit beträgt sieben Jahre. Haben Sie Angst, dann gehen Sie zu Dr. Hervey. Er schneidet Ihnen nur ein Stückchen Haut ab und sagt Ihnen sofort Bescheid.«

Später stellte er mich Dr. Hervey vor, der mich mit den Berichten und Broschüren der Gesundheitskommission über den Gegenstand belud und mich mit nach Kalihi, der Aufnahmestation von Honolulu, nahm, wo Verdächtige untersucht und erwiesene Aussätzige für die Überführung nach Molokai zurückgehalten wurden. Diese Überführungen fanden einmal monatlich statt, der letzte Abschied wurde genommen, die Aussätzigen wurden an Bord des Dampfers gebracht und nach der Kolonie geschickt.

Als ich eines Nachmittags im Klub saß und Briefe schrieb, trat Jack Kersdale zu mir.

»Ich habe Sie gerade gesucht«, lautete sein Gruß.

»Jetzt will ich Ihnen das traurigste Bild von der ganzen Geschichte zeigen – den Jammer der Aussätzigen, wenn sie nach Molokai fahren. Die ›Noeau‹ wird sie in wenigen Minuten an Bord nehmen. Aber ich warne Sie, sich von Ihren Gefühlen übermannen zu lassen. So echt ihr Kummer auch ist, würden sie doch in einem Jahr bedeutend schlimmer jammern, falls die Gesundheitskommission sie dann wieder von Molokai wegbringen wollte. Wir haben gerade noch Zeit für einen Whisky-Soda. Ich habe einen Wagen draußen. Wir brauchen nur fünf Minuten, um nach dem Kai zu fahren.«

Und nach dem Kai fuhren wir. Einige vierzig traurige Geschöpfe saßen mit ihren Matten, Decken und allerlei Reiseausrüstung auf der Treppe. Die »Noeau« war gerade angekommen und legte an einem Leichter an, der zwischen ihr und dem Kai lag. Ein Herr McVeigh, der Inspektor der Kolonie, beaufsichtigte das Einschiffen, und ihm wurde ich vorgestellt, wie auch Dr. Georges, einem der Ärzte der Gesundheitskommission, den ich schon in Kalihi gesehen hatte. Die Aussätzigen waren eine klägliche Schar. Die Gesichter der meisten waren gräßlich – zu furchtbar, als daß ich sie beschreiben könnte. Aber hier und da bemerkte ich ganz gut aussehende Menschen ohne sichtbare Zeichen der verhängnisvollen Krankheit. Ich sah ein kleines weißes Mädchen von nicht mehr als zwölf Jahren mit blauen Augen und goldenem Haar. Die eine Wange zeigte indessen eine Leprabeule. Als ich eine Bemerkung machte, wie traurig fremd sie sich unter den braunen Kranken fühlen müßte, antwortete Dr. Georges: »Ach, das weiß ich nicht. Es ist ein glücklicher Tag in ihrem Leben. Sie kommt von Kauai. Ihr Vater ist eine Bestie. Und jetzt, da die Krankheit bei ihr zum Ausbruch gekommen ist, soll sie zu ihrer Mutter in die Kolonie. Ihre Mutter wurde vor drei Jahren hingeschickt – ein sehr schlimmer Fall.«

»Man kann nicht immer nach dem Aussehen urteilen«, erklärte Herr McVeigh. »Der Mann dort, der große Bursche, der aussieht, als ginge es ihm vorzüglich und fehlte ihm nicht das geringste – von dem weiß ich zufällig, daß er eine offene Wunde an einem Fuß und noch eine am Schulterblatt hat. Und da sind andere – sehen Sie zum Beispiel die Hand des jungen Mädchens, die, welche eine Zigarette raucht. Sehen Sie ihre verzerrten Finger. Das ist die empfindungslose Form der Krankheit. Sie greift die Nerven an. Man könnte ihr die Finger mit einem stumpfen Messer abschneiden oder mit einem Reibeisen abfeilen, ohne daß sie das geringste fühlte.«

»Aber die entzückende Frau dort«, fuhr ich fort. »Ihr kann doch unmöglich etwas fehlen. Sie ist zu schön und prächtig.«

»Ein trauriger Fall«, antwortete Herr McVeigh über die Schulter hinweg. Er hatte sich schon abgewandt, um mit Kersdale zusammen auf den Kai zu gehen. Sie war eine schöne Frau von rein Polynesischer Rasse. Nach meiner geringen Kenntnis von der Rasse und ihren Typen konnte ich nur schließen, daß sie von einem alten Häuptlingsgeschlecht abstammte. Sie konnte nicht älter als dreibis vierundzwanzig Jahre sein. Die Linien und Formen ihrer Gestalt waren prachtvoll, und sie begann gerade die Fülle aufzuweisen, die den Frauen ihres Volkes eigen ist.

»Es war ein Schlag für uns alle«, erzählte Dr. Georges. »Sie kam freiwillig. Niemand hatte eine Ahnung davon. Aber sie ist irgendwie von der Krankheit angesteckt worden. Wir waren alle außer uns, das versichere ich Ihnen. Wir haben indessen dafür gesorgt, daß es nicht in die Presse kommt. Keiner als wir und ihre Familie weiß, was aus ihr geworden ist. Würden Sie irgendeinen beliebigen Menschen in Honolulu fragen, so würde er Ihnen antworten, er glaube, daß sie irgendwo in Europa sei. Auf ihre eigene Bitte haben wir die Sache so geheimgehalten. Armes Mädel, sie hat ihren Stolz.«

»Aber wer ist sie?« fragte ich. »Danach zu urteilen, wie Sie von ihr sprechen, muß sie ja eine bekannte Persönlichkeit sein.«

»Haben Sie je von Lucy Mokunui gehört?« fragte er.

»Lucy Mokunui?« wiederholte ich, und der Name kam mir bekannt vor. Dann schüttelte ich den Kopf. »Mir scheint, ich habe den Namen gehört, aber ich weiß nicht mehr.«

»Nie von Lucy Mokunui gehört! Von der Nachtigall Hawaiis! Ach, Verzeihung, Sie sind ja ein Malahini (Neuling), man kann also nicht erwarten, daß Sie sie kennen sollten. Ja, sehen Sie, Lucy Mokunui war der beliebteste Mensch in Honolulu – auf ganz Hawaii übrigens.«

»Sie sagen: Sie war?« unterbrach ich ihn.

»Und das meine ich auch. Sie ist erledigt.« Er zuckte mitleidig die Achseln. »Ein Dutzend Haolen – Verzeihung, ich meine weiße Männer – haben zu verschiedenen Zeiten ihr Herz an sie verloren. Und ich zähle sie nicht so en bloc. Das Dutzend Männer, das ich meine, waren hervorragende Haolen in guten Stellungen.

Sie hätte den Sohn des Oberrichters bekommen können, wenn sie gewollt hätte. Sie finden sie schön, nicht wahr? Aber Sie hätten sie nur singen hören sollen. Die herrlichste eingeborene Sängerin in Hawaii Nei. Hat eine Kehle aus purem Silber und gesponnenem Sonnenschein. Wir beteten sie an. Sie ging auf eine Tournee nach Amerika mit der Königlichen Hauskapelle. Später hat sie zwei Tourneen auf eigene Faust unternommen – Konzerte gegeben.«

»Ach!« rief ich. »Jetzt erinnere ich mich. Ich hörte sie vor zwei Jahren in einem Symphoniekonzert in Boston. Ach, das ist sie. Jetzt erkenne ich sie.«

Eine schwere Traurigkeit wollte mich zu Boden drücken. Das Leben war bestenfalls so leer. Zwei kurze Jahre, und dieses prachtvolle Geschöpf, das erst vor kurzem auf dem Gipfel ihres herrlichen Erfolges gestanden, war jetzt eine von der Schar der Aussätzigen, die nach Molokai verbannt wurden. Mir kamen die Verse Henleys in den Sinn:

»Der alte Vagabund kennt seine alten Leiden;
Das Leben, es ist dumm und eine Schande.«

Mich schauderte vor meiner eigenen Zukunft. Wenn dieses furchtbare Schicksal Lucy Mokunui treffen konnte, was konnte dann mein Los sein? – Oder das eines jeden beliebigen Menschen?

Ich wußte wohl, daß wir mitten im Leben vom Tod umgeben sind – aber so vom lebenden Tod umgeben, tot und doch nicht tot zu sein, zu einer Schar von Geschöpfen zu gehören, die einst Männer waren, ja, und Frauen wie Lucy Mokunui, der Inbegriff aller polynesischen Anmut, eine Künstlerin obendrein und von Männern geliebt! – Ich fürchte, ich verriet meine Verwirrung, denn Dr. Georges beeilte sich, mir zu versichern, daß sie es drüben in der Kolonie sehr gut hätten. Alles das war zu unbegreiflich, unheimlich. Ich konnte ihren Anblick nicht ertragen. Ein Stückchen weiter hin, vor einem ausgespannten Tau, das von einem Polizisten bewacht wurde, standen die Verwandten und Freunde der Aussätzigen. Sie durften nicht näher kommen. Es gab keine letzten Umarmungen, keine Abschiedsküsse. Sie riefen nur – letzte Botschaften, letzte Liebesworte, letzte Ermahnungen. Und die hinter dem Tau starrten unabgewandt. Es war das letztemal, daß sie die Gesichter ihrer Lieben sahen, denn sie waren lebende Tote, deren Begräbnisschiff sie nach dem Kirchhof von Molokai entführte.

Dr. Georges gab einen Befehl, und die Unglücklichen kamen auf dic Beine und wankten unter der Last ihres Gepäcks über den Leichter an Bord des Dampfers. Es war ein Leichenzug. Auf einmal begann das Jammern hinter dem Tau. Es ließ einem das Blut gerinnen, es war herzzerreißend. Nie habe ich eine solche Qual verspürt, und nie wieder hoffe ich etwas Ähnliches zu hören. Kersdale und McVeigh standen immer noch an der andern Seite des Kais und sprachen ernst miteinander – natürlich über Politik, denn das war etwas, was sie beide sehr beschäftigte. Als Lucy Mokunui an mir vorbeiging, warf ich einen verstohlenen Blick auf sie. Sie war unbestreitbar schön. Schön sogar nach unserem Maßstab. – Eine der seltenen Blumen, wie sie nur einmal in vielen Geschlechtern blühen können. Und von allen Frauen war gerade sie dazu verurteilt, nach Molokai zu gehen. Sie schritt wie eine Königin über den Leichter, stieg an Bord und begab sich geradewegs nach achtern auf das freie Deck, wo die Aussätzigen sich an der Reling scharten und jetzt ihren Lieben an Land zujammerten. Die Leinen wurden losgeworfen, und die »Noeau« stieß vom Bollwerk ab. Der Jammer stieg. Welcher Kummer, welche Verzweiflung! Ich hatte gerade den Beschluß gefaßt, nie mehr der Abfahrt der »Noeau« beiwohnen zu wollen, als McVeigh und Kersdale wiederkamen. Die Augen des letzteren strahlten, und seine Lippen konnten sein freudiges Lächeln kaum verbergen. Die politische Unterhaltung hatte ihn offenbar befriedigt. Das Tau war gefallen, und die trauernden Verwandten drängten sich jetzt zu beiden Seiten von uns.

»Das ist ihre Mutter«, flüsterte Dr. Georges und zeigte auf eine alte Frau ganz in meiner Nähe, die wankend, mit tränengeblendeten Augen auf die Reling des Dampfers starrte. Ich bemerkte, daß Lucy Mokunui auch weinte. Plötzlich hörte sie auf und starrte Kersdale an. Dann streckte sie die Arme aus in der bewundernswerten, bezaubernden Art wie Olga Nethersole, wenn sie tut, als wolle sie ihr Publikum umarmen. Und mit ausgestreckten Armen rief sie:

»Leb wohl, Jack! Leb wohl!«

Er hörte den Ruf und sah auf. Nie ward ein Mann von einem vernichtenderen Schrecken getroffen. Er wankte auf dem Kai, sein Gesicht wurde weiß bis zu den Haarwurzeln, und er schien zusammenzuschrumpfen und in seinen Kleidern zu welken. Er hob die Hände und stöhnte: »Mein Gott! Mein Gott!« Dann nahm er sich mit einer gewaltigen Anstrengung zusammen.

»Leb wohl, Lucy! Leb wohl!« rief er.

Und er blieb auf dem Kai stehen und winkte mit den Händen, bis die »Noeau« ein Stück fort war und die Gesichter an der Achterreling verschwommen und undeutlich wurden.

»Ich glaubte, Sie wüßten es«, sagte McVeigh, der ihn neugierig betrachtet hatte. »Sie hätten es doch vor allem wissen müssen. Ich glaubte, daß Sie deshalb gekommen wären.«

»Jetzt weiß ich es«, antwortete Kersdale mit ungeheurem Ernst. »Wo ist mein Wagen?« Er ging schnell – lief beinahe – zu ihm hin. Ich mußte selber fast laufen, um Schritt mit ihm zu halten. »Zu Dr. Hervey«, sagte er zu dem Kutscher. »So schnell du kannst.«

Stöhnend und atemlos sank er auf den Sitz. Sein Gesicht war noch blasser geworden. Seine Lippen waren zusammengepreßt, und der Schweiß brach ihm aus Stirn und Oberlippe. Er schien furchtbare Qualen zu leiden.

»Um Gottes willen, Martin, laß die Pferde laufen!« rief er plötzlich. »Peitsch auf sie los! – Hörst du? – Peitsch auf sie los!«

»Sie stürzen, Herr«, wandte der Kutscher ein.

»Laß sie stürzen!« antwortete Kersdale. »Ich werde die Strafe für dich bezahlen und die Sache mit der Polizei abmachen. Hau los auf sie. Das war recht. Schneller! Schneller!«

»Und ich wußte es nicht, ich wußte es nicht«, murmelte er, auf den Sitz zurücksinkend und sich mit zitternden Händen den Schweiß abwischend.

Der Wagen rumpelte dahin, schwankte und bog um die Ecken mit so wahnsinniger Schnelligkeit, daß eine Unterhaltung unmöglich war. Außerdem war nichts zu sagen. Aber ich hörte ihn ununterbrochen murmeln: »Und ich wußte es nicht. Ich wußte es nicht.«

Nichts kann mit der Abreise von Honolulu verglichen werden. Der große Postdampfer lag unter Dampf, zur Abfahrt bereit. Tausend Menschen standen auf seinem Deck, fünftausend auf dem Kai. Über die lange Landungsbrücke bewegten sich eingeborene Fürsten und Fürstinnen, Zuckerkönige und hohe Beamte des Landes. Weiter zurück, in langen Reihen, in Schach gehalten von der eingeborenen Polizei, hielten die Wagen und Automobile der Aristokratie von Honolulu. Auf dem Kai spielte die Königlich Hawaiische Kapelle ›Aloha Oe‹, und als sie fertig war, nahm ein Saitenorchester eingeborener Musiker an Bord des Postdampfers dieselbe klagende Melodie auf, und die Stimme einer eingeborenen Sängerin stieg wie ein Vogel empor über die Instrumente und über das Gewirr der Abreise. Es war wie eine silberne Flöte, deren klarer, unverkennbarer Klang die große Abschiedssymphonie durchdrang.

Vorn, auf dem unteren Deck, stand an der Reling eine sechsfache Reihe in Khaki gekleideter junger Leute, deren sonnengebräunte Gesichter von dreijährigem Aufenthalt in den Tropen erzählten. Aber das Abschiedslied erklang nicht für sie. Auch für den weißgekleideten Kapitän, der, sternenfern, von der hohen Kommandobrücke auf das Getümmel unter sich hinabschaute, erklang es nicht. Auch den jungen Offizieren weiter achtern, die von den Philippinen heimfuhren, galt der Abschied nicht, und auch nicht den blassen, vom Klima mitgenommenen Damen an ihrer Seite. Gleich hinter der Laufbrücke, auf dem Promenadendeck, stand eine Schar von Senatoren der Vereinigten Staaten mit ihren Frauen und Töchtern – die Senatorengesellschaft, die einen Monat lang mit Speise und Trank bewirtet, mit Statistiken vollgepfropft und über die vulkanischen Berge und durch die Lavatäler geschleppt worden war, um die Herrlichkeiten und Hilfsquellen Hawaiis zu besichtigen. Dieser Gesellschaft wegen hatte der Postdampfer in Honolulu angelegt, und dieser Gesellschaft sagte Honolulu jetzt Lebewohl.

Die Senatoren waren mit Blumen bekränzt und geschmückt. Senator Jeremy Sambrooke trug ein Dutzend Girlanden um seinen dicken Hals und auf seiner breiten Brust. Und aus dieser Blumenmasse stak sein Kopf und der größte Teil seines sonnenverbrannten, schweißigen Gesichts hervor. Er betrachtete die Blumen als ein Unding, und als er die Menge auf dem Kai überblickte, tat er es mit einem statistischen Auge, das nichts von der Schönheit sah, sondern in die Arbeitskraft, die Fabriken, die Eisenbahnen und Plantagen hineinspähte, die hinter der Menge lagen, und denen die Menge Ausdruck verlieh. Er sah Hilfsquellen und dachte an Entwicklung, und seine Träume von materiellen Taten und Herrschermacht nahmen ihn zu sehr in Anspruch, um seine Tochter zu beachten, die neben ihm stand und mit einem jungen Mann in einem hübschen Sommeranzug und mit einem Strohhut sprach, einem jungen Mann, dessen eifrige Blicke nur sie zu suchen schienen und ihr Gesicht nicht verließen. Hätte Senator Jeremy ein Auge für seine Tochter gehabt, so würde er gesehen haben, daß er statt des fünfzehnjährigen Mädchens, das er vor kaum einem Monat nach Hawaii gebracht hatte, jetzt ein Weib mit heimnahm.

Das Klima von Hawaii wirkt reifend, und Dorothy Sambrooke war ungewöhnlich reifenden Umständen ausgesetzt gewesen. Schlank, blaß, mit blauen Augen, ein wenig müde von dem vielen Leben und dem Versuch, das Verständnis des Lebens zu erzwingen – so war sie vor einem Monat gewesen. Jetzt aber waren die Augen warm und nicht mehr müde, die Wangen hatten von der Sonne Farbe erhalten, und der Körper zeigte die ersten Anzeichen und Versprechungen schwellender Linien. In diesem Monat hatte sie die Bücher liegen lassen, denn sie hatte ihre größte Freude darin gefunden, im Buch des Lebens zu lesen. Sie hatte Pferde geritten, Vulkane bestiegen und in der Brandung schwimmen gelernt. Die Tropen waren ihr ins Blut gedrungen, sie glühte vor Wärme und Farbe im Sonnenschein. Und einen Monat war sie mit einem Mann zusammen gewesen – mit Steve Knight, dem Athleten, Brandungsreiter, einem bronzenen Meeresgott, der die Sturzsee zügelte, den Wellen auf den Rükken sprang und sie an Land ritt.

Dorothy Sambrooke wußte selbst nichts von der mit ihr vorgegangenen Veränderung. Ihr Bewußtsein war noch das eines jungen Mädchens, und sie war überrascht und beunruhigt durch das Benehmen Steves in dieser Abschiedsstunde. Sie hatte ihn als den Spielkameraden betrachtet, der er den ganzen Monat gewesen war; jetzt aber sagte er ihr nicht Lebewohl als Spielkamerad. Er sprach aufgeregt und unzusammenhängend, oder er schwieg. Zuweilen hörte er nicht, was sie sagte, oder wenn er es tat, antwortete er nicht wie sonst. Die Art, wie er sie anblickte, verwirrte sie. Sie hatte nicht gewußt, daß er so flammende Augen hatte. Etwas in seinen Augen erschreckte sie. Sie konnte dem nicht begegnen, und ihre eigenen Augen senkten sich immer wieder davor. Dennoch war auch etwas Verlockendes darin, und sie versuchte immer wieder einen Schimmer von diesem flammenden, gebieterischen, sehnsuchtsvollen Etwas zu erhaschen, das sie noch nie in Menschenaugen gesehen hatte. Und sie war selbst merkwürdig verwirrt und aufgeregt.

Die große Pfeife des Dampfers ließ ein ohrenbetäubendes Geheul ertönen, und die mit Blumen bekränzte Menge wogte näher an die Seite des Dampfers heran. Dorothy Sambrooke hatte sich die Finger in die Ohren gesteckt, und als sie den Mund vor Ekel über den schrecklichen Lärm verzog, bemerkte sie wieder die gebieterische, sehnsuchtsvolle Flamme in Steves Augen. Er sah sie nicht direkt an, sein Blick fiel auf ihr Ohr, das in den schrägen Strahlen der Nachmittagssonne rosig und durchscheinend war. Neugierig und verzaubert starrte sie auf dieses seltsame Etwas in seinen Augen, bis er merkte, daß er entdeckt war. Sie sah, wie er einen tiefroten Kopf bekam, und hörte ihn etwas Unverständliches murmeln. Er war verlegen, und sie war es auch. Stewards gingen nervös umher und baten Leute, die nicht mitfuhren, an Land zu gehen. Steve streckte die Hand aus. Als sie den Griff seiner Finger fühlte, die die ihren tausendmal auf Wasserrutschbahnen und Lavahängen ergriffen hatten, hörte sie die Worte des Liedes mit einem neuen Verständnis, als sie jetzt in der silbernen Kehle der hawaiischen Sängerin klagten:

»Ka halia ko aloha kai hiki mai,
Ke hone ae nei i ku'u manawa,
O oe no ka'u aloha
A loko e hana nei.«

Steve hatte sie die Melodie und den Text und seine Bedeutung gelehrt – das hatte sie jedenfalls bis zu diesem Augenblick geglaubt; aber jetzt, als ihre Finger die seinen gedrückt und die warmen Handflächen sich zum letztenmal berührt hatten, verstand sie erst die wirkliche Bedeutung des Liedes. Sie sah ihn kaum gehen, bemerkte ihn auch nicht auf der überfüllten Laufbrücke, denn sie befand sich tief in einem Labyrinth von Erinnerungen, durchlebte wieder die letzten vier Wochen und sah das Geschehene in dem Licht der Offenbarung. Bei der Ankunft der Senatoren hatte Steve dem Geselligkeitskomitee angehört. Er war es, der ihnen den ersten Unterricht im Brandungsreiten am Strand von Waikiki erteilt hatte, wo er sein schmales Brett in die See hinausruderte, bis er ein verschwindend kleiner Punkt wurde, um dann plötzlich wieder zum Vorschein zu kommen, wie ein Meeresgott aus dem Gewirr von Schaum und weißem Gischt steigend – immer höher, Schultern, Lenden und Glieder, bis er schwebend, die Füße in dem fliegenden Schaum begraben, auf dem dampfenden Kamm einer mächtigen, meilenlangen Woge stand, mit der Schnelligkeit eines Expreßzuges an den Strand geschleudert wurde – und schließlich ruhig vor den erstaunten Zuschauern das Land betrat. So hatte sie Steve zum erstenmal gesehen. Er war der Jüngste im Komitee gewesen – ein Jüngling von zwanzig Jahren. Er hatte die Gäste weder mit Reden unterhalten, noch hatte er repräsentativ bei den offiziellen Festen gewirkt. In den Brechern bei Waikiki, bei der Treibjagd auf das wilde Vieh des Mauna Kea, und im Zureitungspferch auf dem Haleakalahof hatte er seinen Anteil an der Unterhaltung besorgt.

Sie hatte sich nichts aus den unendlichen Statistiken und den ewigen Reden der anderen Komiteemitglieder gemacht. Das hatte Steve auch nicht getan. Und mit Steve zusammen hatte sie sich vom Freiluftfest auf Hamakua und von Abe Louisson, dem Kaffeepflanzer, fortgestohlen, der zwei geschlagene Stunden lang von Kaffee, Kaffee und nichts als Kaffee geredet hatte. Damals hatte Steve, als sie unter den baumhohen Farnen ritten, sie den Text von »Aloha Oe« gelehrt, dem Lied, das in jedem Dorf, auf jedem Hof und auf jeder Plantage zum Abschied der besuchenden Senatoren gesungen worden war.

Steve und sie waren von Anfang an viel zusammen gewesen. Er war ihr Spielkamerad gewesen, sie hatte sich zum Herrn über ihn aufgeworfen, während ihr Vater damit beschäftigt war, sich zum Herrn über die Statistik der Insel zu machen. Sie war zu sanft, um ihren Spielkameraden zu tyrannisieren, aber sie hatte unbeschränkt über ihn geherrscht; außer wenn sie in einem Boot, zu Pferde oder auf dem Wellengleitbrett zusammen waren, dann hatte er den Befehl übernommen, und sie hatte ihm gehorcht. Und jetzt, als das Lied zum letztenmal gesungen wurde, als die Leinen losgeworfen wurden und der große Dampfer langsam vom Kai abzubacken begann, wußte sie, daß Steve ihr mehr gewesen war als nur ein Spielkamerad.

Fünftausend Stimmen sangen ›Aloha Oe‹ – »Meine Liebe sei bei dir, bis wir uns wiedertreffen« –, und in diesem ersten Augenblick bewußter Liebe, verstand sie auch, daß sie und Steve voneinandergerissen wurden. Wann würden sie sich je wiedertreffen? Er hatte sie selbst die Worte gelehrt. Sie erinnerte sich, wie sie gelauscht hatte, als er sie immer wieder unter dem Haubaum bei Waikiki gesungen. War es eine Prophezeiung gewesen? Und sie hatte sein Singen bewundert, hatte ihm gesagt, daß er so ausdrucksvoll sang. Sie lachte laut, hysterisch bei der Erinnerung. So ausdrucksvoll! – Während er sein Herz in seine Stimme ergossen hatte. Jetzt wußte sie es, und jetzt war es zu spät. Warum hatte er nicht gesprochen? Da erinnerte sie sich, daß Mädchen ihres Alters noch nicht heiraten. Aber Mädchen ihres Alters heirateten doch – in Hawaii –, das war ihr nächster

Gedanke. Hawaii hatte sie gereift – Hawaii, wo das Fleisch golden ist, und wo alle Frauen reif und von der Sonne geküßt sind.

Vergebens suchte sie ihn in der dichtgedrängten Menge auf dem Kai. Was war aus ihm geworden? Sie fühlte, daß sie jeden Preis bezahlen konnte, um ihn noch einmal zu sehen, und hoffte fast, daß irgendeine tödliche Krankheit den Kapitän in seiner Einsamkeit auf der Kommandobrücke befallen und die Abreise verzögern sollte. Zum erstenmal in ihrem Leben betrachtete sie ihren Vater mit einem berechnenden Blick und bemerkte mit neugeborener Furcht seine energischen, bestimmten Züge. Es mußte furchtbar sein, sich gegen ihn aufzulehnen. Und welche Aussichten hatte sie in einem solchen Kampf? Aber warum hatte denn Steve nicht gesprochen? Jetzt war es zu spät. Warum hatte er nicht unter dem Haubaum bei Waikiki gesprochen? Und dann ging es ihr in einer tiefen Herzensangst auf, das sie wußte, warum. Was war es, das sie eines Tages gehört hatte? Ach ja, es war auf dem Tee bei Frau Stanton, an dem Nachmittag, als sie die Damen der Senatorengesellschaft eingeladen hatte. Es war Frau Hodgkins, die große blonde Frau, die die Frage gestellt hatte. Die Szene erstand lebendig vor ihr – der breite Lanai, die tropischen Blumen, die geräuschlose asiatische Dienerschaft, das Gewirr der vielen Frauenstimmen und die Frage, die Frau Hodgkins in der Gruppe neben ihr gestellt hatte. Frau Hodgkins war mehrere Jahre von den Inseln fortgewesen, und sie fragte jetzt offenbar nach alten Freundinnen aus ihren Mädchentagen. »Was ist aus Susie Maydwell geworden?« lautete die Frage, die sie gestellt hatte. »Ach, die sehen wir nie mehr; sie heiratete Willie Kupele«, antwortete eine andere Dame von den Inseln. Und die Frau von Senator Behrend lachte und wollte wissen, warum die Heirat die freundschaftliche Verbindung mit Susie Maydwell unterbrochen hatte.

»Hapa-Haole«, lautete die Antwort. »Er war Halbblut, wissen Sie, und wir hier auf den Inseln müssen an unsere Kinder denken.«

Dorothy wandte sich zu ihrem Vater, entschlossen, eine Probe anzustellen.

»Vater, wenn Steve je nach den Vereinigten Staaten käme, dürfte er uns dann nicht besuchen?«

»Wer? Steve?«

»Ja, Steve Knight – du kennst ihn doch. Erst vor fünf Minuten hast du dich von ihm verabschiedet. Wenn er sich zufällig einige Zeit in den Vereinigten Staaten aufhält, dürfte er uns dann nicht besuchen?«

»Auf keinen Fall«, antwortete Jeremy Sambrooke kurz. »Steve Knight ist ein Hapa-Haole, und du weißt, was das heißt.«

»So«, sagte Dorothy sanft, und sie fühlte, daß sich eine schlaffe Verzweiflung in ihr Herz schlich.

Steve war kein Hapa-Haole – das wußte sie, aber sie wußte nicht, daß ein Viertel tropischen Sonnenscheins in seinen Adern floß, und daß das genügte, um eine Heirat mit ihm unmöglich zu machen. Es war eine merkwürdige Welt. Da war seine Wohlgeboren A. S. Cleghorn, der eine dunkelhäutige Prinzessin aus dem Blute des Kamehameha geheiratet hatte, und dennoch betrachteten die Männer es als eine Ehre, mit ihm zu verkehren, und die exklusivsten Damen der übertrieben exklusiven Missionargesellschaft erschienen auf seinen Nachmittagstees. Und da war Steve, keiner hatte je widersprochen, als er sie auf dem Wellengleitbrett fahren lehrte oder sie an der Hand über die gefährlichsten Stellen des Kilauea-Kraters führte. Er konnte bei Tisch neben ihr und ihrem Vater sitzen, mit ihr tanzen und dem Geselligkeitskomitee angehören; aber weil tropischer Sonnenschein in seinen Adern war, konnte er sie nicht heiraten.

Und es war ihm nicht anzusehen. Es mußte einem erzählt werden, damit man es wußte. Und er war so schön. Sein Bild erschien vor ihrem inneren Blick, und ehe sie es wußte, genoß sie die Erinnerung an die Anmut seines prächtigen Körpers, an seine glänzenden Schultern, seine Kraft, die ihn leicht auf ein Pferd warf, ihn sicher durch die donnernden Brecher trug oder sie am Ende eines Bergstocks den schroffen Lavahang zum Haus der Sonne emporzog. An noch etwas Feineres und Geheimnisvolleres erinnerte sie sich, das sie gerade jetzt zu verstehen begann – an die Ausstrahlung von dem männlichen Wesen, dem Mann, Mann, nichts als Mann. Die Scham über ihre Gedanken brachte sie mit einem Ruck zu sich. Ihre Wangen röteten sich von dem warmen Blut, das schnell wieder sank, und sie erblaßte bei dem Gedanken, daß sie ihn nie wiedersehen sollte. Der Bug des Postdampfers war schon in der Strömung, und das Promenadendeck glitt an der Hafenmole vorbei.

»Da ist Steve«, sagte ihr Vater. »Wink ihm Lebewohl, Dorothy.«

Steve sah mit eifrigen Augen zu ihr auf, und in ihrem Gesicht sah er, was er noch nie gesehen. Bei der plötzlichen Freude in seinem Gesicht wußte sie, daß er verstand. Die Luft hallte wider von dem Gesang:

»Meine Liebe sei bei dir.
Meine Liebe sei bei dir, bis wir uns wiedersehen.«

Es bedurfte keiner Worte, um ihre Geschichte zu erzählen. Rings um sie her warfen die Passagiere ihre Blumengirlanden ihren Freunden auf dem Kai zu. Steve hob die Hände, und seine Augen strahlten. Sie hob ihre eigene Girlande über den Kopf, aber sie hatte sich in die Schnur orientalischer Perlen verwickelt, die Mervin, ein älterer Zuckerkönig, ihr um den Hals gelegt hatte, als er sie und ihren Vater zum Dampfer brachte.

Sie kämpfte mit den Perlen, die sich in den Blumen verfangen hatten. Der Dampfer glitt ruhig weiter. Steve war schon gerade unter ihr. Jetzt war der rechte Augenblick gekommen – gleich würde er vorbei sein. Sie brach in Tränen aus, und Jeremy Sambrooke sah sie forschend an. »Dorothy!« rief er scharf.

Mit voller Überlegung zerriß sie die Schnur, und in einem Schauer von Perlen glitten die Blumen zu dem wartenden Geliebten hinab. Sie starrte ihn an, bis die Tränen sie blendeten, dann barg sie ihr Gesicht an Jeremy Sambrookes Schulter, so daß er seine geliebten Statistiken vergaß in der Verwunderung über das Mädchen, das jetzt erwachsen war. Die Menge sang weiter, und der Gesang klang schwächer aus der Ferne, aber immer noch schmelzend mit dem wollüstigen Liebesschmachten Hawaiis, und die Worte fraßen sich wie Säure in ihr Herz ein, weil sie logen:

»Aloha oe, Aloha oe,
E ke onaona no ho ika lipo,
Ein süßer Kuß, ahoi ae au,
Bis wir uns wiedersehen.«

»Man muß das Klima lieben«, sagte Cudworth als Antwort auf meine Lobrede auf die Konaküste. »Ich war ein junger Bursche, als ich vor achtzehn Jahren geradewegs von der Universität hierherkam. Ich bin nie nach Amerika zurückgekehrt, außer natürlich besuchsweise. Und falls Ihnen irgendein Ort auf Erden teuer ist, so warne ich Sie, zu lange hierzubleiben, denn sonst werden Sie entdekken, daß dieser hier Ihnen noch teurer wird.« Wir waren mit dem Mittagessen fertig, das auf dem großen Lanai angerichtet worden war, der dem Nordwind ausgesetzt ist, wenn auch »ausgesetzt« wirklich ein schlechtpassender Ausdruck für ein so herrliches Klima ist.

Die Kerzen waren ausgelöscht, und ein schlanker, weißgekleideter Japaner schlüpfte wie ein Geist durch den silbernen Mondschein, bot uns Zigarren an und verschwand im Dunkel der Villa. Durch einen Schirm von Bananen- und Lehuabäumen und über das Guavagebüsch hinweg sah ich auf das ruhige Meer tausend Fuß unter mir. Die Woche seit meiner Ankunft mit dem kleinen Küstendampfer hatte ich bei Cudworth gewohnt, und in der ganzen Zeit hatte nicht ein Windhauch das Wasser gekräuselt. Zwar hatte es hin und wieder ein Lüftchen gegeben, aber es war der sanfteste Zephier, der je über Sommerinseln strich. Es waren keine Windstöße; es waren Seufzer – lange balsamische Seufzer einer ruhenden Welt.

»Ein Lotusland«, sagte ich.

»Wo ein Tag dem andern gleicht, wo jeder Tag ein Paradies von Tagen ist«, antwortete er. »Es geschieht nie etwas. Es ist nicht zu warm. Es ist nicht zu kalt. Es ist immer gerade wie es sein soll. Haben Sie bemerkt, wie Land und Meer abwechselnd atmen?«

Ich hatte allerdings das herrliche rhythmische Atmen bemerkt. Jeden Morgen hatte ich den Seewind beobachtet, der an der Küste begann, sich langsam seewärts bewegte und den mildesten, sanftesten Ozonhauch in das Land brachte. Er spielte über das Meer und verdunkelte seine Oberfläche schwach, während hier und da und überall lange Streifen stillen Wassers wechselten und sich verzogen, je nach den launischen Küssen der Brise. Und allabendlich hatte ich den Atem der See in himmlischer Ruhe verhauchen sehen und das leise Rauschen des Landwindes durch die Kaffeesträucher und Erdnußbäume gehört.

»Es ist ein Land ewigen Friedens«, sagte ich. »Weht es hier je? Ich meine, wirklicher Wind?«

Cudworth schüttelte den Kopf und zeigte nach Osten.

»Wie kann es wehen, wenn eine solche Schranke jeden Wind abhält?«

Hoch empor stiegen die mächtigen Formen des Mauna Kea und des Mauna Loa und schienen die Hälfte des sternenbesäten Himmels zu verdecken. Zweieinhalb Meilen hoch erhoben sich ihre Gipfel, weiß vom Schnee, den nicht einmal die Tropensonne zu schmelzen vermochte.

»Ich möchte wetten, daß es dreißig Meilen von hier in diesem Augenblick vierzig Meilen die Stunde weht.«

Ich lächelte ungläubig. Cudworth ging ans Telefon auf dem Lanai. Er rief nacheinander Waimea, Kohala und Hamakua an. Bruchstücke seiner Unterhaltung erzählten mir, wie es wehte:

»Heulend und pfeifend, wie bitte?« . . . »Seit wann?« . . . »Erst seit einer Woche?« . . . »Hallo, bist du es, Abe?« . . . »Jawohl, jawohl« . . . »Ja, wenn du durchaus Kaffee an der Hamakua-Küste pflanzen willst«, . . . »der Teufel hol deinen Windbrecher! Du solltest nur *meine* Bäume sehen.«

»Es stürmt«, sagte er zu mir, als er anhängte. »Ich mache mich immer über Abrahams Kaffeeplantage lustig. Er hat fünfhundert Morgen Land und verrichtet Wunder, indem er Bäume als Windschutz pflanzt, aber wie die Bäume fest stehen können, das ist mir schleierhaft. Weht? Es weht immer an der Hamakua-Küste. Kohala meldet einen Schoner, der vor gerefften Segeln in den Kanal zwischen Hawaii und Maui einsteuert, aber große Mühe damit hat.«

»Es ist schwer zu begreifen«, sagte ich matt. »Geschieht es denn nie, daß ein kleiner Hauch sich davon losreißt und hierherkommt?«

»Nie ein Hauch. Unsere Landbrise hat nichts damit zu tun, denn sie entsteht diesseits des Mauna Kea und Mauna Loa. Sehen Sie, das Land strahlt seine Wärme schneller aus als das Meer, und deshalb atmet das Land nachts über das Meer hinaus. Am Tage ist das Land wärmer als das Meer, und deshalb atmet das Meer ins Land hinein . . . Hören Sie! Dort kommt der Atem des Landes, der Wind von den Bergen.«

Ich konnte hören, wie er kam, leise in den Kaffeesträuchern raschelte, die Blätter der Erdnußbäume in Bewegung setzte und im Zuckerrohr seufzte. Auf dem Lanai war es noch still. Dann kam es, das erste Gefühl des Bergwindes, schwach balsamisch duftend, würzig und kühl, entzückend kühl, mit einer seidenartigen Kühle, einer weinartigen Kühle, wie nur der Bergwind Konas sein kann.

»Wundern Sie sich, daß ich vor achtzehn Jahren mein Herz an Kona verlor?« fragte er. »Jetzt könnte ich nie mehr von hier fortgehen. Ich glaube, es würde mein Tod sein. Es wäre furchtbar. Es gab noch einen Mann, der es so liebte wie ich. Ich glaube, er liebte es noch heißer, denn er war hier an der Kona-Küste geboren. Er war ein großer Mann, mein bester Freund, mir mehr als Bruder. Aber er verließ es und starb doch nicht.«

»Liebe?« forschte ich. »Eine Frau?«

Cudworth schüttelte den Kopf.

»Er wird auch nie wiederkommen, wenn auch sein Herz hier sein wird, bis er stirbt.«

Er schwieg und starrte auf die Strandfeuer von Kailua hinab. Ich rauchte schweigend und wartete. »Er liebte schon . . . seine Frau. Er hatte auch drei Kinder, die er liebte. Sie wohnen jetzt in Honolulu. Der Junge soll auf die Universität.«

»Eine unbesonnene Tat?« fragte ich ungeduldig nach einigem Schweigen.

Er schüttelte den Kopf. »Er beging weder ein Verbrechen, noch wurde er eines Verbrechens beschuldigt. Er war Sheriff von Kona.«

»Sie belieben unverständlich zu sein«, sagte ich.

»Es mag wohl so klingen«, räumte er ein, »und das ist gerade das Gräßliche dabei.«

Er betrachtete mich einen Augenblick forschend und hub dann plötzlich zu erzählen an.

»Er war aussätzig. Nein, er war nicht damit geboren – keiner wird damit geboren; es war erworben. Dieser Mann – aber was hat das damit zu tun? Lyte Gregory hieß er. Jeder Kamaina kennt die Geschichte. Er war von rein amerikanischer Abstammung, sah aber aus wie einer der alten Häuptlinge von Hawaii. Er maß sechs Fuß drei Zoll. Er wog nackt zweihundert Pfund, und kein Gramm davon war etwas anderes als Muskel oder Knochen. Er war der stärkste Mensch, den ich je gesehen habe. Er war ein Athlet, ein Riese. Er war ein Gott. Er war mein Freund. Und sein Herz und seine Seele waren ebenso groß und schön wie sein Körper.

Ich möchte sehen, was Sie tun würden, wenn Sie Ihren Freund, Ihren Bruder, am schlüpfrigen Rande eines Abgrundes stehen und gleiten und gleiten sähen und nichts dabei tun könnten. So war es eben, ich konnte nichts dabei tun. Ich sah es kommen, und ich konnte nichts dabei tun. Mein Gott, Mann, was sollte ich tun? Es war da, bösartig und unbekämpfbar, das Zeichen der Krankheit auf seiner Stirn. Kein anderer sah es. Ich glaube wirklich, daß es daher kam, weil ich ihn so heiß liebte, daß ich allein es sah. Ich konnte meinen eigenen Sinnen nicht trauen. Es war zu unglaubhaft entsetzlich. Aber es war da, auf seiner Stirn, an seinen Ohren. Ich hatte es gesehen, das leichte Schwellen der Ohrläppchen – ach, so unbedeutend. Ich beobachtete es monatelang. Und dann, während ich trotz der Hoffnungslosigkeit immer noch hoffte, die Verdunkelung der Haut über beiden Augenbrauen – ach, so schwach, wie der leiseste Hauch von Sonnenbrand. Ich hätte es für Sonnenbrand gehalten, wäre es nicht blank gewesen, von einer fast unsichtbaren Blankheit, wie ein kleines Glanzlicht, das man einen Augenblick sah, und das im nächsten Augenblick verschwunden war. Ich versuchte zu glauben, daß alles Sonnenbrand wäre, aber ich konnte nicht. Ich wußte es besser. Aber keiner außer mir bemerkte es. Kein einziger bemerkte es außer Stephen Kaluna, und das erfuhr ich erst später. Doch ich sah es kommen, mit seinem ganzen verfluchten, unabwendbaren Schrecken; aber ich weigerte mich, an die Zukunft zu denken. Ich konnte es nicht. Und nachts hätte ich schreien können.

Er war mein Freund. Wir fischten zusammen Haie auf Niihau. Wir jagten wildes Vieh auf dem Mauna Kea und dem Mauna Loa. Wir ritten Pferde zu und brandmarkten Stiere auf der Carter Ranch. Wir jagten Ziegen über ganz Haleakala. Er lehrte mich tauchen und in der Brandung reiten, bis ich es fast ebenso gut konnte wie er, und er konnte es besser als die meisten Kanaken. Ich habe ihn in fünfzehn Faden Wasser tauchen sehen, und er konnte zwei Minuten unten bleiben. Er war ein Amphibium und ein Bergbesteiger. Er konnte klettern, wo nur eine Ziege zu klettern wagte. Er fürchtete sich vor nichts. Er war auf der Luga, als sie strandete, und sechsunddreißig Stunden schwamm er dreißig Meilen weit in einem empörten Meere. Er konnte Brecher durchschwimmen, die Sie oder mich erschlagen hätten. Er war ein großer, herrlicher Halbgott. Wir erlebten die Revolution zusammen. Wir waren beide romantische Royalisten. Er wurde zweimal verwundet und zum Tode verurteilt. Er war ein zu großer Mann, als daß die Republikaner ihn hätten töten können. Er lachte sie aus. Später erwiesen sie ihm die Ehre, ihn zum Sheriff von Kona zu machen. Er war ein einfacher Mensch, ein Junge, der nie erwachsen wurde. Sein Gehirn hatte kein verwickeltes Muster. Es gab keine Winkelzüge und Ausflüchte in dem, was in seinem Geiste vorging. Er ging geradewegs auf eine Sache los, und seine Sache war immer leicht zu verstehen.

Und er war Sanguiniker. Nie habe ich einen so zuversichtlichen Menschen und einen so zufriedenen und glücklichen gesehen. Er verlangte nichts vom Leben. Es gab nichts, was er sich noch wünschen konnte. Für ihn hatte das Leben keine Rückstände. Es hatte ihn voll ausbezahlt, bar, und dazu im voraus. Was konnte er sich mehr wünschen als einen prachtvollen Körper, seine eiserne Gesundheit, seine Unempfänglichkeit für jede gewöhnliche Krankheit, seine sanfte gesunde Seele? Körperlich war er vollkommen. Er war nie im Leben krank gewesen. Er wußte nicht, was Kopfschmerzen sind. Hatte ich welche, so sah er mich verwundert an und brachte mich durch seine ungeschickten Versuche, mir sein Mitgefühl zu bezeigen, zum Lachen. So etwas wie Kopfschmerzen verstand er einfach nicht. Er konnte es nicht verstehen. Sanguiniker? Kein Wunder, daß er es war. Wie hätte es anders sein sollen bei seiner ungeheuren Lebenskraft und seiner unglaublichen Gesundheit?

Nur um Ihnen zu zeigen, wie er an seinen Glücksstern glaubte, und wieviel Grund er auch zu diesem Glauben hatte, will ich Ihnen ein Erlebnis erzählen. Er war damals ganz jung – ich hatte ihn gerade kennengelernt –, und es war in Wailuku, wo er sich an einer Pokerpartie beteiligte. Ein großer Deutscher namens Schultz war da, der brutal und herrschsüchtig spielte. Er hatte auch eine Zeitlang Glück gehabt und war ganz unerträglich, als Lyte Gregory hinzukam und mitzuspielen begann. Beim ersten Spiel hatte Schultz die Vorhand. Lyte meldete, so gut wie die anderen, und Schultz überbot sie – alle außer Lyte. Dem gefiel der Ton des Deutschen nicht, und er bot ebenso hoch. Dann bot Schultz wieder, und dann kam Lyte an die Reihe, um Schultz zu überbieten. So ging es weiter, hin und her. Die Einsätze waren hoch. Und wissen Sie, was Lyte in der Hand hatte? Zwei Könige und drei kleine Treffs. Es war kein Poker. Lyte spielte nicht Poker. Er spielte seinen Optimismus. Er wußte nicht, was Schultz in der Hand hatte, aber er bot immer höher, bis Schultz sich nicht mehr halten konnte, und dabei saß Schultz die ganze Zeit mit drei Assen da. Denken Sie nur! Ein Mann mit zwei Königen zwingt einen Mann mit drei Assen zu kaufen.

Nun, Schultz kaufte zwei Karten. Ein anderer Deutscher gab, obendrein ein Freund von Schultz. Jetzt wußte Lyte, daß sein Gegner drei gleiche Karten in der Hand hatte. Aber was tat er? Was würden Sie getan haben? Drei Karten gekauft und die Könige aufgelegt. Das tat Lyte nicht. Er spielte seinen Optimismus. Er warf die Könige fort, behielt die drei kleinen Treffs und kaufte zwei Karten dazu. Er sah sie nicht einmal an. Er sah Schultz an, um ihn aufzufordern, zu bieten, und Schultz bot, und zwar hoch. Da er selbst drei Asse in der Hand hatte, wußte er, daß er Lyte besiegt hatte, denn er spielte darauf, daß Lyte auch drei gleiche Karten hatte, und die mußten ja notgedrungen niedriger sein. Armer Schultz! Von seinen Voraussetzungen aus handelte er ganz richtig. Sein Fehler war nur, daß er glaubte, Lyte spielte Poker. Fünf Minuten lang boten sie hin und her, und dann begann Schultz seine Sicherheit zu verlieren. Und die ganze Zeit hatte Lyte seine beiden Karten noch nicht einmal angesehen, und Schultz wußte das. Ich konnte sehen, wie Schultz nachdachte und Mut schöpfte, bis er mit seinem Bieten wieder drauflosging. Aber der Druck war ihm zuviel.

›Hören Sie auf, Gregory‹, sagte er schließlich. ›Ich habe von Anfang an gewonnen. Ich will Ihnen Ihr Geld nicht abnehmen. Ich habe –‹

›Es ist mir einerlei, was Sie haben‹, unterbrach Lyte ihn. ›Sie wissen ja nicht, was ich habe. Jetzt will ich es mir ansehen.‹

Er sah hin und bot noch hundert Dollar. Dann ging es weiter, hin und her und hin und her, bis Schultz es schließlich müde wurde und seine drei Asse auf den Tisch legte. Lyte saß mit seinen fünf Karten da. Sie waren alle fünf schwarz. Er hatte noch zwei Treffs dazugekauft. Verstehen Sie, er hatte Schultz die Lust zum Pokerspielen genommen. Der spielte nie wieder so kühn. Von diesem Augenblick an schwand sein Selbstvertrauen, und er wurde ein bißchen unsicher.

›Aber wie konntest du nur?‹ fragte ich Lyte gleich hinterher. ›Du wußtest doch, daß er gewonnen hatte, als er die zwei Karten kaufte. Und außerdem sahst du dir ja gar nicht an, was du kauftest.‹ ›Ich brauchte es mir nicht anzusehen‹, lautete Lytes Antwort. ›Ich wußte die ganze Zeit, daß es zwei Treffs waren. Es mußten zwei Treffs sein. Glaubst du, ich wollte mich von dem großen Deutschen schlagen lassen? Es war unmöglich, daß er mich schlagen konnte. Ich mußte gewinnen. Es wäre die größte Überraschung von der Welt für mich gewesen, wenn es nicht lauter Treffs gewesen wären.‹ So war Lyte, und das wird vielleicht dazu beitragen, Ihnen seinen riesigen Optimismus verständlich zu machen. Wie er selbst sagte: Er mußte gewinnen, mußte Glück haben. Und in diesem Vorfall wie in tausend anderen sah er seine Rechtfertigung. Die Sache war eben, daß er Glück gehabt hatte, und daß es ihm gutging. Das war der Grund, daß er sich vor nichts fürchtete. Ihm konnte nie etwas geschehen. Er wußte das, weil ihm nie etwas geschehen war. Als die Luga scheiterte und er dreißig Meilen schwamm, war er zwei ganze Nächte und einen Tag im Wasser. Und in all dieser furchtbaren Zeit verlor er nicht einen einzigen Augenblick die Hoffnung, zweifelte nicht einen Augenblick am Ausfall. Er wußte, daß er das Land erreichen würde. Er sagte es selbst, und ich weiß, daß es stimmte.

Ja, ein solcher Mann war Lyte Gregory. Er war von einer anderen Rasse als gewöhnliche, schwache Sterbliche. Er war ein höheres Wesen, unerreichbar für gewöhnliche Gebrechen und Unfälle. Was er sich auch wünschte, er bekam es. Seine Frau – eine von den Töchtern Caruthers, eine kleine Schönheit – nahm er einem Dutzend Nebenbuhler vor der Nase weg. Und sie wurde ihm die beste Frau von der Welt. Er wünschte sich einen Sohn, und er bekam ihn. Er wünschte sich eine Tochter und noch einen Sohn. Er bekam sie. Und sie waren prächtig, ohne Fehl und Tadel, mit Körpern wie kleine Fässer, und sie hatten seine ganze Kraft und Gesundheit geerbt. Und da geschah es. Das Zeichen des Tieres wurde ihm aufgeprägt. Ich beobachtete es ein Jahr lang. Es brach mir das Herz. Aber er wußte es nicht, und ebensowenig ahnte es ein anderer, außer dem verfluchten Hapa-Haolen Stephen Kaluna. Der wußte es, aber das wußte ich nicht. Und – ja – Dr. Strowbridge wußte es auch. Er war der Kreisarzt der Gegend und hatte seinen Blick für die Kennzeichen des Aussatzes geschärft. Sie verstehen, es gehörte zu seinem Geschäft, Verdächtige zu untersuchen und nach der Aufnahmestation in Honolulu zu schicken. Und Stephen Kaluna hatte auch seinen Blick für Aussatz geschärft. Die Krankheit war in seiner Familie verbreitet, und vier oder fünf von seinen Verwandten befanden sich schon auf Molokai. Die Ursache des Unglücks wurde Stephen Kalunas Schwester. Sie wurde verdächtigt, und ehe Dr. Strowbridge sie zu fassen bekam, schaffte ihr Bruder sie heimlich fort und versteckte sie irgendwo. Lyte war Sheriff von Kona, und es war seine Aufgabe, sie zu finden.

Wir waren alle an diesem Abend in Hilo, bei Ned Austin. Stephen Kaluna war da, als wir kamen, er saß allein, war halb betrunken und streitsüchtig. Lyte lachte über irgendeinen Scherz – lachte das mächtige, glückliche Lachen eines Riesenjungen. Kaluna spie verächtlich auf den Fußboden. Lyte merkte es, und wir alle taten es auch; aber er ignorierte den Burschen. Kaluna suchte Streit. Er betrachtete es als eine persönliche Beleidugng, daß Lyte seine Schwester festnehmen wollte. Er zeigte auf ein halbes Dutzend verschiedenerlei Weise, wie sehr die Gegenwart Lytes ihm mißfiel, aber Lyte ignorierte ihn. Ich redete mir ein, daß er Lyte ein bißchen leid tat, denn das Festnehmen von Aussätzigen war seine schwerste Berufspflicht. Es war nicht angenehm, in das Haus eines Mannes zu gehen, einen Vater, eine Mutter oder ein Kind zu entführen, die nichts Böses getan hatten, und sie in die ewige Verbannung nach Molokai zu schicken. Natürlich ist es notwendig zum Schutz der Gesellschaft, und ich glaube wirklich, daß Lyte der erste gewesen wäre, der seinen eigenen Vater festgenommen hätte, wenn er verdächtig geworden wäre.

Zuletzt platzte Kaluna heraus. ›Sie glauben, Gregory, daß Sie Kalaniweo finden werden, aber das werden Sie nicht.‹

Kalaniweo war seine Schwester. Lyte sah ihn an, als sein Name genannt wurde, antwortete aber nicht. Kaluna war wütend. Er redete sich immer mehr in Zorn hinein.

›Ich will Ihnen etwas sagen!‹ rief er. ›Ehe Sie Kalaniweo nach Molokai bringen, werden Sie selbst dort sein. Ich will Ihnen etwas sagen. Sie haben kein Recht auf die Gesellschaft ehrlicher Männer. Sie haben furchtbar viel von Ihrer Pflicht geredet, nicht wahr? Sie haben eine Menge Aussätzige nach Molokai geschickt und dabei die ganze Zeit gewußt, daß Sie selbst dorthin gehören.‹

Ich habe Lyte mehr als einmal wütend gesehen, aber nie so wie in diesem Augenblick. Mit Aussatz scherzt man hierzulande nicht. Er machte einen Sprung durchs Zimmer, packte Kaluna am Kragen und zog ihn von seinem Stuhl hoch. Er schüttelte ihn wütend hin und her, daß man die Zähne des Mischlings klappern hörte.

›Was meinen Sie damit?‹ fragte Lyte. ›Heraus damit, Mensch, oder ich würge es Ihnen zum Hals heraus!‹

Sie wissen wohl, daß es im Westen Amerikas einen gewissen Satz gibt, den ein Mann nur mit einem Lächeln aussprechen kann. Und auf den Inseln ist es ebenso, aber unser Satz handelt vom Aussatz. Was Kaluna nun auch sein mochte, ein Feigling war er nicht. Sobald Lyte seinen Hals losließ, antwortete er: ›Ich will Ihnen zeigen, was ich meine. Sie sind selbst aussätzig.‹

Lyte warf den Mischling plötzlich seitwärts auf einen Stuhl und ließ ihn besser davonkommen, als er verdient hatte. Dann brach er in ein derbes, herzliches Lachen aus. Aber er lachte allein, und als er das merkte, sah er unsere Gesichter an. Ich war zu ihm getreten und versuchte ihn fortzuziehen, aber er nahm keine Notiz von mir. Er starrte wie gebannt auf Kaluna, der sich nervös und verwirrt den Hals wischte, wie um die Ansteckung von den Fingern, die ihn gepackt hatten, abzuwischen. Die Handbewegung war echt, nicht überlegt. Lyte sah uns an, und seine Augen glitten langsam von Gesicht zu Gesicht.

›Mein Gott, Jungens! Mein Gott!‹ sagte er.

Er sprach diese Worte nicht laut. Es war eher ein heiseres Flüstern von Angst und Schrecken. Es war die Furcht, die in seiner Kehle zitterte, und ich glaube nicht, daß er je zuvor in seinem Leben Furcht gekannt hatte.

Dann aber machte sich sein ungeheurer Optimismus geltend, und er lachte wieder.

›Ein guter Witz – wer ihn auch gemacht hat‹, sagte er. ›Ich muß wohl eine Runde ausgeben, denn ich war einen Augenblick wirklich ganz erschrocken. Aber hört, Jungens, tut das nicht wieder, mit keinem anderen. Es ist zu ernst. Ich will euch sagen, daß ich in diesem Augenblick tausendmal starb. Ich dachte an meine Frau und meine Kinder und . . .‹

Er brach ab, und seine Augen fielen auf den Mischling, der sich immer noch den Hals abwischte. Er war verwirrt und unangenehm berührt.

›John‹, sagte er und wandte sich zu mir.

Seine joviale, volle Stimme klang mir in den Ohren. Aber ich konnte ihm nicht antworten. Ich mußte gerade etwas hinunterschlucken, und ich wußte außerdem, daß mein Gesicht nicht ganz in Ordnung war.

›John‹, sagte er wieder und trat einen Schritt näher. Er sprach furchtsam, und von allen bösen Träumen des Schreckens war es der fürchterlichste, die Furcht in Lyte Gregorys Stimme zu hören.

›John, John, was heißt das?‹ fuhr er noch furchtsamer fort. ›Es ist doch Scherz, nicht wahr? John, hier ist meine Hand. Wenn ich aussätzig wäre, würde ich dir dann die Hand reichen? Bin ich aussätzig, John?‹

Er streckte mir die Hand hin, und was bei allen Teufeln machte ich mir daraus? Er war ja mein Freund. Ich nahm seine Hand, obwohl es mir ins Herz schnitt, zu sehen, wie sein Gesicht sich aufhellte.

›Es war nur Scherz, Lyte‹, sagte ich. ›Wir hatten uns verabredet, dich zu erschrecken. Aber du hast recht. Es ist zu ernst. Wir dürfen es nicht wieder tun.‹

Diesmal lachte er nicht. Er lächelte wie ein Mann, der aus einem bösen Traum erwacht und sich noch von dem Inhalt des Traumes bedrückt fühlt.

›Also gut‹, sagte er. ›Tut es nur nicht wieder, dann gebe ich eine Runde aus. Ich muß gestehen, Jungens, daß ihr mich einen Augenblick anführtet. Seht, wie ich geschwitzt habe.‹

Er seufzte und wischte sich den Schweiß von der Stirn, während er an den Schanktisch trat.

›Es ist kein Scherz‹, sagte Kaluna plötzlich.

Ich sah ihn an, als wollte ich ihn ermorden, und ich hatte auch Lust dazu. Aber ich wagte weder zu reden noch zu schlagen. Das hätte die Katastrophe nur beschleunigt, und ich hatte immer noch eine vage Hoffnung, sie abwenden zu können.

›Es ist kein Scherz‹, wiederholte Kaluna. ›Sie sind aussätzig, Lyte Gregory. Und Sie haben nicht das Recht, Ihre Hand auf das Fleisch ehrlicher Männer zu legen. – Auf das reine Fleisch ehrlicher Männer.‹

Da flammte Gregory auf.

›Jetzt geht der Scherz zu weit. Hören Sie auf! Hören Sie auf, Kaluna, hören Sie auf, oder ich gebe Ihnen eine Tracht Hiebe!‹

›Unterwerfen Sie sich einer bakteriologischen Untersuchung‹, antwortete Kaluna, ›dann können Sie mich hinterher prügeln – tot, wenn Sie wollen. Aber Mann, gucken Sie doch in den Spiegel, Sie müssen es doch sehen können. Jeder kann es sehen. Sie kriegen schon ein ‚Löwengesicht'. Sehen Sie, wie Ihre Haut über den Augen dunkel geworden ist.‹

Lyte starrte und starrte, und ich sah, wie seine Hände zitterten.

›Ich kann nichts sehen‹, sagte er schließlich und wandte sich dann zu dem Hapa-Haolen. ›Sie haben ein böses Herz, Kaluna. Und ich schäme mich nicht zu sagen, daß Sie mir einen Schrecken eingejagt haben, wie kein Mensch es einem andern gegenüber darf. Ich nehme Sie beim Wort. Ich will die Sache gleich entschieden haben. Ich gehe sofort zu Dr. Strowbridge. Und wenn ich wiederkomme, dann nehmen Sie sich in acht.‹

Er sah uns andere mit keinem Blick an, sondern schritt zur Tür.

›Bleib hier, John‹, sagte er und hielt mich mit einer Handbewegung zurück, als ich ihm folgen wollte.

Wir standen da wie eine Schar Gespenster.

›Es ist wahr‹, sagte Kaluna. ›Sie konnten es selbst sehen.‹ Die andern sahen mich an, und ich nickte. Harry Burnley führte sein Glas an den Mund, setzte es aber, ohne zu trinken, wieder nieder. Er vergoß die Hälfte des Inhalts über den Tisch. Seine Lippen zitterten wie die eines Kindes, das weinen will. Ned Austin machte sich am Eiskasten zu schaffen. Er suchte nichts, ich glaube, er wußte gar nicht, was er tat. Niemand sagte etwas. Harry Burnleys Lippen zitterten ärger als je. Plötzlich gab er mit einem furchtbar erbosten Ausdruck Kaluna einen Faustschlag ins Gesicht. Und dann ging er auf ihn los. Wir machten keinen Versuch, sie zu trennen. Uns war es einerlei, ob er den Mischling tötete. Es war eine furchtbare Tracht Prügel. Aber uns interessierte es nicht. Ich weiß nicht einmal mehr, wann Burnley aufhörte und den armen Teufel laufenließ. Wir waren alle zu betäubt. Dr. Strowbridge erzählte es mir hinterher. Er saß noch spät über einem Bericht, als Lyte sein Sprechzimmer betrat. Lyte hatte schon seinen Optimismus wiedererlangt und trat kühn ein, unweigerlich ein bißchen böse auf Kaluna, aber sehr sicher. ›Was sollte ich machen?‹ fragte der Doktor mich. ›Ich wußte ja, daß er es hatte. Ich hatte es seit Monaten kommen sehen. Ich konnte ihm nichts antworten. Konnte nicht ja sagen. Ich schäme mich nicht, Ihnen zu sagen, daß ich zusammenfiel und in Tränen ausbrach. Er bat um die bakteriologische Probe. ›Schneiden Sie ein Stück heraus, Doktor‹, sagte er immer wieder. ‚Schneiden Sie mir ein Stück Haut heraus und machen Sie die Probe.‘‹

Dr. Strowbridges Tränen müssen ihn überzeugt haben. Am nächsten Morgen fuhr die Claudine nach Honolulu. Wir trafen ihn, wie er gerade an Bord ging. Er wollte nach Honolulu, wissen Sie, um sich der Gesundheitskommission zu übergeben. Wir konnten nichts mit ihm ausrichten. Er hatte zu viele nach Molokai geschickt, um jetzt selbst dableiben zu können. Wir schlugen ihm Japan vor. Aber davon wollte er nichts wissen. ›Ich muß meine Medizin schlucken‹, war alles, was er sagte, aber das wiederholte er immer wieder. Er war wie von dem Gedanken besessen.

Er brachte alle seine Angelegenheiten von der Aufnahmestation in Honolulu aus in Ordnung. Und dann reiste er nach Molokai. Dort ging es ihm nicht gut. Der dort wohnende Arzt schrieb uns, er sei ein Schatten seines früheren Ichs. Er sorgte sich um Frau und Kinder, wissen Sie. Er wußte ja, daß wir uns ihrer annahmen, aber es schmerzte doch. Nach einem halben Jahr oder so fuhr ich nach Molokai. Ich saß auf der einen Seite einer Spiegelglasscheibe und er auf der andern. Wir sahen uns durch das Glas und sprachen miteinander durch ein sogenanntes Sprachrohr. Aber es war hoffnungslos. Er hatte sich entschlossen zu bleiben. Ich redete vier geschlagene Stunden auf ihn ein. Ich war ganz erschöpft, als sie um waren. Und dazu pfiff mein Dampfer zur Abfahrt.

Aber wir konnten es nicht dabei lassen. Drei Monate darauf befrachteten wir den Schoner Eisvogel. Es war ein Opiumschmuggler, der wie der Teufel segelte. Sein Schiffer war ein Holländer, der für Geld alles getan hätte, und wir charterten ihn für teures Geld für eine Fahrt nach China. Er ging von San Franzisko ab, und einige Tage später stachen wir in der Schaluppe von Landhouse für eine Vergnügungsfahrt in See. Es war nur eine Jacht von fünf Tonnen, aber wir fuhren fünfzig Meilen nach Luw direkt in den Nordost-Passat hinein. Ob ich seekrank war? In meinem ganzen Leben habe ich nicht so schrecklich gelitten. Als das Land außer Sicht war, trafen wir den ›Eisvogel‹, und Burnley und ich gingen an Bord.

Wir liefen nach Molokai, wo wir gegen elf Uhr abends ankamen. Der Schoner legte bei, und wir ruderten im Großboot durch die Brandung nach Kalawao – das ist dort, wo Pater Damien starb, wissen Sie. Der Schiffer war ein kühner Kerl. Mit ein paar Revolvern im Gürtel ging er los. Alle drei drangen wir über die Halbinsel nach Kalaupapa vor, ein Weg von ein paar Meilen. Denken Sie sich, daß Sie mitten in der Nacht einen bestimmten Mann in einer Kolonie von über tausend Aussätzigen suchen sollen. Sie verstehen, wenn

Alarm geschlagen worden wäre, würde es mit uns allen aus gewesen sein. Es war ein unbekanntes Gelände und völlig finster. Die Hunde der Aussätzigen kamen heraus und bellten uns an, und wir trotteten drauflos, bis wir nicht weiterwußten.

Der Holländer half uns aus der Verlegenheit. Er führte uns zu dem ersten einsamen Haus, auf das wir stießen. Er öffnete die Tür und zündete Licht an. Sechs Aussätzige waren drinnen. Wir holten sie aus den Betten und sprachen in der Sprache der Eingeborenen mit ihnen. Was ich suchte, war ein Kokua. Ein Kokua ist, wortgetreu übersetzt, ein Helfer, das heißt ein Eingeborener, der nicht an der Krankheit leidet, aber in der Kolonie wohnt und von der Gesundheitskommission bezahlt wird, um die Aussätzigen zu pflegen, ihre Wunden zu verbinden und dergleichen. Wir blieben im Hause, um auf die Bewohner aufzupassen, während der Holländer mit einem von ihnen loszog, um einen Kokua zu finden. Er fand ihn und brachte ihn uns vor der Mündung seines Revolvers. Aber der Kokua war sehr nett. Während der Holländer beim Hause Wache hielt, führte der Kokua Burnley und mich nach Lytes Haus. Er war ganz allein.

›Ich dachte, daß ihr kommen würdet, Jungens‹, sagte Lyte. ›Rühr mich nicht an, John. Wie geht es Ned und Charley und allen andern? Einerlei, das könnt ihr mir später erzählen. Ich bin bereit, gleich mit euch zu gehen. Ich habe neun Monate hinter mir. Wo ist das Boot?‹

Wir gingen wieder nach dem andern Hause, um den Schiffer zu holen. Aber es war Alarm geschlagen worden. In den Häusern zeigte sich Licht, und die Türen öffneten sich. Wir waren uns einig geworden, nicht zu schießen, wenn es nicht durchaus notwendig war, und als wir angehalten wurden, gingen wir mit Fäusten und Revolverkolben drauflos. Ich geriet an einen großen Mann. Ich konnte ihn mir nicht vom Leibe halten, obwohl ich ihm zweimal mit der geballten Faust ins Gesicht schlug. Er faßte mich, und wir fielen um, rollten über den Boden, tasteten nach einander und versuchten, uns zu pakken. Er hatte mich schon fast überwältigt, als jemand mit einer Laterne kam. Da sah ich sein Gesicht. Wie diesen entsetzlichen Anblick beschreiben? Es war gar kein Gesicht – nur verfaulte oder faulende Gesichtszüge – lebende Verwesung, ohne Nase, ohne Lippen und mit einem Ohr, das geschwollen und verunstaltet auf seine Schulter herabhing. Ich war toll. In seiner Umarmung preßte er mich so eng an sich, daß das Ohr mir ins Gesicht schlug. Da glaubte ich, den Verstand zu verlieren. Es war zu schrecklich. Ich schlug mit dem Revolver auf ihn los. Wie es kam, weiß ich nicht, aber als ich mich ihm gerade entwinden wollte, packte er mich mit den Zähnen.

Die ganze eine Seite meiner Hand war in seinem lippenlosen Mund. Da schlug ich ihm den Revolver gerade zwischen die Augen, und seine Zähne ließen los.«

»Hatten Sie keine Angst?« fragte ich.

»Doch. Ich wartete sieben Jahre. Sie wissen, so lange dauert es, bis es sich zeigt, ob man angesteckt ist. Ich wartete hier in Kona, und es kam nicht. Aber nicht ein Tag und nicht eine Nacht in diesen sieben Jahren verging, ohne daß ich . . . alles das . . .«, seine Stimme versagte, während er die Augen von dem mondbeschienenen Meer bis zu den schneebedeckten Gipfeln gleiten ließ. »Ich konnte den Gedanken nicht ertragen, das zu verlieren, Kona nie wiederzusehen. Sieben Jahre! Ich wurde nicht angesteckt. Aber es ist der Grund, daß ich nicht verheiratet bin. Ich war verlobt. Aber ich konnte nicht wagen, zu heiraten, solange ich im Zweifel war. Sie verstand es nicht. Sie ging nach Amerika und heiratete dort. Ich habe sie nie wiedergesehen.

Gerade in dem Augenblick, als ich von dem aussätzigen Schutzmann loskam, ertönten Lärm und das Klappern von Hufschlägen wie ein Kavallerieangriff. Es war der Holländer. Er hatte gefürchtet, daß es Radau geben würde, und hatte die Zeit benutzt, um von den gesegneten Aussätzigen, die er bewachte, vier Pferde satteln zu lassen. Wir waren bereit. Lyte hatte drei Kokuas erledigt, und gemeinsam befreiten wir Burnley von ein paar andern. Jetzt war die ganze Kolonie in Aufruhr geraten, und als wir forteilten, begann einer mit einem Magazingewehr auf uns zu schießen. Es muß Jack McVeigh, der Oberaufseher von Molokai, gewesen sein.

Das war ein Ritt! Aussätzige Pferde, aussätzige Sättel, aussätzige Zügel, pechfinstere Nacht, Kugeln, die uns um die Ohren pfiffen, und ein Weg, der nicht der beste war. Und das Pferd des Holländers war ein Maultier, und er konnte nicht einmal reiten. Als wir aber das Walboot fanden, abstießen und durch die Brandung ruderten, konnten wir den Hügel von Kalaupapa herab Pferde kommen hören.

Sie fahren nach Schanghai. Suchen Sie Lyte Gregory dort auf. Er hat eine Stellung bei einer deutschen Firma. Laden Sie ihn zum Essen ein. Geben Sie ihm Wein. Geben Sie ihm vom Besten, aber lassen Sie ihn nichts bezahlen. Schicken Sie die Rechnung mir. Seine Frau und seine Kinder wohnen in Honolulu, und er braucht sein Geld für sie. Ich weiß es. Er schickt ihnen den größten Teil seines Gehalts und lebt selbst wie ein Einsiedler. Und erzählen Sie ihm von Kona. Denn sein Herz ist hier. Erzählen Sie, soviel Sie können, von Kona.«

Percival Ford dachte nach, warum er eigentlich gekommen war. Er tanzte nicht. Er machte sich nicht viel aus Militär. Dennoch kannte er sie alle, die über den breiten Lanai am Strande dahinglitten und sich drehten, die Offiziere in ihren frischgestärkten weißen Uniformen, die Zivilisten im Frack und die Frauen mit bloßen Schultern und Armen. Nach zweijährigem Aufenthalt in Honolulu sollte das Zwanzigste nach seiner neuen Garnison in Alaska abgehen, und Percival Ford mußte als einer der angesehensten Männer der Inseln die Offiziere und ihre Damen natürlich kennen.

Aber zwischen Kennen und Lieben war ein weiter Schritt. Die Offiziersdamen flößten ihm einen gelinden Schrecken ein. Sie unterschieden sich durchaus von den Frauen, die ihm am besten gefielen – den Matronen, den alten Jungfern und den bebrillten jungen Mädchen sowie den sehr ernsten Damen jeden Alters, die er in Kirchen-, Lese- und Kindergarten-Komitees traf, und die ihn demütig aufsuchten, um ihn um Hilfe und Rat zu bitten. Diese Frauen beherrschte er durch seinen überlegenen Geist, seinen großen Reichtum und die hohe Stellung, die er in der Handelswelt von Hawaii einnahm. Und sie fürchtete er nicht im geringsten. Bei ihnen war das Geschlecht nicht aufdringlich. Ja, das war es eben. Sie hatten etwas anderes, Besseres als die selbstbewußte Plumpheit des Lebens. Er war wählerisch: das gestand er sich selber; und diese Offiziersdamen mit ihren bloßen Schultern und nackten Armen, ihrem offenen Blick, ihrer Lebenskraft und ihrer herausfordernden Weiblichkeit störten seine Empfindsamkeit.

Ebenso erging es ihm mit den Offizieren, die das Leben leichtnahmen, sich durch die Welt tranken, rauchten und fluchten und die dem Fleische innewohnende Plumpheit ebenso schamlos zur Schau stellten wie ihre Frauen. Er fühlte sich stets unbehaglich in der Gesellschaft der Offiziere. Und sie schien sich auch nicht wohl zu fühlen. Stets hatte er das Gefühl, daß sie heimlich über ihn lachten, daß er ihnen leid täte oder daß sie sich ihn eben gefallen ließen. Und zudem schienen sie durch ihr bloßes Zusammenhalten einen Mangel bei ihm hervorzuheben, die Aufmerksamkeit auf das zu lenken, was er nicht besaß, Gott sei Dank nicht besaß. Pfui! Sie glichen ihren Damen!

Tatsächlich war Percival Ford ebensowenig ein Mann der Frauen, wie er ein Mann der Männer war. Ein Blick auf ihn zeigte die Ursache. Er hatte eine gute Konstitution, kannte keine Krankheit, ja nicht einmal Unpäßlichkeit; aber es fehlte ihm an Lebenskraft. Sein Organismus war negativ. Kein gärendes Blut hatte dieses lange schmale Gesicht, diese dünnen Lippen, diese mageren Wangen und diese scharfen kleinen Augen genährt und geformt. Das einem Strohdach gleichende staubfarbene, struppige und dünne Haar erzählte von dem kargen Boden, ebenso die schmale, feine Nase, die entfernt an einen Schnabel erinnerte. Sein dünnes Blut hatte ihm viel vom Leben vorenthalten und ihm nur erlaubt, in einer Beziehung auszuschweifen, nämlich im Rechtssinn. Stets bemühte er sich, korrekt zu sein, und rechtfertig zu handeln war für seine Natur ebenso notwendig, wie es für geringere Geschöpfe notwendig war, zu lieben und geliebt zu werden. Er saß unter den Johannisbrotbäumen zwischen Lanai und Strand. Seine Augen schweiften über die Tanzenden, dann wandte er den Kopf und starrte nach der See, über die weittönende Brandung hinweg nach dem Kreuz des Südens, das tief am Horizont brannte. Die bloßen Schultern und Arme der Frauen irritierten ihn. Hätte er eine Tochter gehabt, er würde so etwas nie erlaubt haben, niemals. Aber das war reine Theorie. Der Gedankenprozeß wurde nicht von dem inneren Bild einer Tochter begleitet. Er sah keine Tochter mit Armen und Schultern vor sich. Statt dessen lächelte er über die entfernte Möglichkeit. Er war einunddreißig, und da er keine persönliche Erfahrung in Liebessachen hatte, war es für ihn nichts Mythisches, sondern etwas Tierisches. Heiraten konnte jeder. Die japanischen und chinesischen Kulis, die auf den Zuckerplantagen und Reisfeldern arbeiteten, heirateten. Sie heirateten unweigerlich bei der ersten Gelegenheit. Das kam daher, daß sie so tief auf der Stufenleiter des Lebens standen. Für sie gab es keine andere Möglichkeit. Sie waren wie die Offiziere und ihre Frauen. Für ihn aber gab es anderes und Höheres. Er war anders als sie – als sie alle. Er war stolz darauf, so zu sein, wie er eben war.

Er war keiner elenden Liebesehe entsprungen. Er war erhabenem Pflichtgefühl und der Hingebung an eine Sache entsprungen. Sein Vater hatte nicht aus Liebe geheiratet. Liebe war eine Tollheit, mit der Isaac Ford sich nie abgegeben hatte. Als er der Berufung, den Heiden die Botschaft des Lebens zu bringen, gehorchte, hatte er weder den Gedanken noch den Wunsch gehabt, zu heiraten. In dieser Beziehung gleichen sie einander, sein Vater und er. Aber die Verwaltung der Missionsgesellschaften war ökonomisch. Mit der Sparsamkeit der Yankees wog und maß sie und kam zu dem Ergebnis, daß verheiratete Missionare billiger per Kopf und dazu tätiger waren.

Also befahl die Verwaltung Isaac Ford, zu heiraten. Ferner versorgte sie ihn mit einer Gattin, auch einer eifrigen Seele ohne einen Gedanken an Ehe, die nur darauf bedacht war, das Wort des Herrn unter den Heiden zu verbreiten. Sie sahen sich das erstemal in Boston. Die Verwaltung brachte sie zusammen, ordnete alles, und als die Woche um war, heirateten sie und wurden auf die lange Reise um Kap Hoorn herum geschickt. Percival Ford war stolz auf seinen Ursprung aus einer solchen Verbindung. Er war hochgeboren und hielt sich selbst für einen geistigen Aristokraten. Und er war stolz auf seinen Vater. Das war eine Leidenschaft von ihm. Die aufrechte strenge Gestalt Isaac Fords hatte sich seinem Stolz eingebrannt. Auf seinem Schreibtisch stand ein Miniaturbild von diesem Kämpfer des Herrn. In seinem Schlafzimmer hing das Porträt Isaac Fords, zu der Zeit gemalt, als er dem Reiche als Premierminister gedient hatte. Nicht daß Isaac Ford eine hohe Stellung und weltlichen Ruhm ersehnt hatte, aber als Premierminister und später als Bankier hatte er der Missionssache große Dienste geleistet. Die deutsche Kolonie, die englische Kolonie und alle andern Angehörigen des Handelsstandes hatten Isaac Ford als seelenrettenden Krämer verhöhnt; aber er, sein Sohn, wußte es besser. Als die Eingeborenen plötzlich ihr Feudalsystem aufgaben und, ohne die Bedeutung von Landbesitz zu kennen, sich ihre großen Felder unter den Händen fortnehmen ließen, war es Isaac Ford, der zwischen die Handelsherren und ihre Beute trat und ihren großen, wertvollen Besitz mit Beschlag belegte. Kein Wunder, daß den Handelsherren sein Andenken nicht teuer war. Aber er hatte seinen riesigen Reichtum nie als sein eigen betrachtet. Er hatte sich für Gottes Haushälter angesehen. Seine Einnahmen hatte er dazu verwendet, Schulen, Krankenhäuser und Kirchen zu bauen. Es war auch nicht seine Schuld, daß der Zucker nach den schlechten Zeiten vierzig Prozent gebracht hatte; daß die von ihm gegründete Bank das Glück hatte, die Konzession für die Eisenbahn zu erhalten, und daß unter anderem fünfzigtausend Morgen Weide auf Oahu, die er für einen Dollar den Morgen gekauft hatte, jetzt alle anderthalb Jahre acht Tonnen Zucker auf jedem Morgen ergaben. Nein, wahrlich, Isaac Ford war eine Heldengestalt und verdiente, in Percival Fords Gedanken neben der Statue Kamehamehas des Ersten vor dem Justizgebäude zu stehen. Isaac Ford war gestorben, aber er, sein Sohn, setzte das gute Werk mindestens ebenso unbeugsam, wenn auch nicht so herrisch, fort.

Er wandte den Blick wieder nach dem Lanai. Welcher Unterschied bestand, so fragte er sich, zwischen den schamlosen Hulamädchen mit ihren Grasgürteln und den Frauen seiner eigenen Rasse mit den ausgeschnittenen Kleidern auf den Bällen? War es ein Wesensunterschied? Oder nur ein Gradunterschied?

Während er noch über dieses Problem nachdachte, legte sich eine Hand auf seine Schulter.

»Hallo, Ford, was machen Sie hier? Geht es dort nicht ein bißchen zu lustig her?«

»Ich bemühte mich, milde in meinem Urteil zu sein, Dr. Kennedy, wenn ich auch zusehe«, antwortete Percival Ford ernst. »Wollen Sie nicht Platz nehmen?«

Dr. Kennedy setzte sich und klatschte in die Hände. Ein weißgekleideter japanischer Diener trat schnell ein. Kennedy bestellte Whisky und Soda; dann wandte er sich zu dem andern und sagte: »Ihnen biete ich natürlich nichts an.«

»Aber ich will auch etwas genießen«, sagte Ford bestimmt. Die Augen des Doktors zeigten Überraschung, und der Diener wartete. »Bringen Sie mir Limonade.«

Der Doktor lachte herzlich, als hätte der andere einen Witz gemacht, und betrachtete die Musikanten unter dem Haubaum.

»Aber das ist ja das Aloha-Orchester«, sagte er. »Ich glaubte, es spielte Dienstag abend im Hawaii-Hotel. Da hat es vermutlich Krach gegeben.«

Seine Augen hafteten einen Augenblick auf einem Mann, der Gitarre spielte und zur Begleitung aller übrigen Instrumente ein hawaiisches Lied sang. Sein Gesicht wurde ernst, als er den Singenden betrachtete, und es war immer noch ernst, als er sich wieder an seinen Gefährten wandte.

»Sagen Sie, Ford, wäre es nicht Zeit, daß sie Joe Garland in Frieden ließen? Ich höre, Sie haben sich widersetzt, als die Beförderungskommission ihn wegen des Wellenbrecherprojekts nach Amerika schicken wollte, und ich möchte mit Ihnen darüber reden. Ich hätte geglaubt, daß Sie sich freuen würden, ihn aus dem Lande zu bekommen. Das wäre eine gute Art und Weise, Ihre Verfolgung seiner Person zu beenden.«

»Verfolgung?« Die Brauen Percival Fords hoben sich fragend.

»Nennen Sie es, wie Sie wollen«, fuhr Kennedy fort. »Sie haben den armen Kerl jahrelang gejagt. Es ist nicht seine Schuld. Das werden Sie selbst einräumen.«

»Nicht seine Schuld?« Die dünnen Lippen Percival Fords strafften sich einen Augenblick. »Joe Garland ist ausschweifend und faul. Er ist immer ein Taugenichts, ein ruchloser Mensch gewesen.«

»Aber das ist noch kein Grund, daß Sie ihm so auf dem Nacken sitzen, wie Sie es tun. Ich habe Sie von Anfang an beobachtet. Das erste, was Sie taten, als Sie von der Universität zurückkamen und ihn als Ersatz-Luna auf der Plantage fanden, war, daß Sie ihn hinauswarfen – Sie mit Ihren Millionen ihn mit seinen sechzig Dollar monatlich.«

»Nicht das erste«, sagte Percival Ford in dem Ton eines Richters, wie er ihn bei Komiteesitzungen zu gebrauchen pflegte. »Ich warnte ihn. Der Verwalter sagte, er sei ein tauglicher Luna. In dieser Beziehung hatte ich nichts gegen ihn einzuwenden. Wohl aber gegen das, was er außerhalb der Arbeitszeit tat. Er riß mein Werk schneller nieder, als ich es aufbauen konnte. Was nützten Sonntagsschulen, Abendschulen und Nähunterricht, wenn Joe Garland abends mit seinem ewigen Geklimper auf der Gitarre und der Ukulélé, mit seinen starken Getränken und seinem Hula-Tanz kam? Nachdem ich ihn gewarnt hatte, traf ich ihn – ich vergesse es nie – unten bei den Hütten. Es war Abend. Ich konnte die Hula-Lieder hören, ehe ich die Szene sah. Und als ich sie erblickte, sah ich die Mädchen schamlos im Mondschein tanzen – Mädchen, denen ein reines Leben und ordentliches Benehmen beizubringen ich mich bemüht hatte. Und drei Mädchen waren darunter, das weiß ich noch, die gerade erst von der Religionsschule gekommen waren. Natürlich entließ ich Joe Garland. Ich weiß, mit Hilo war es dasselbe. Die Leute sagten, ich überschritte meine Befugnisse, als ich Mason und Fitch bewog, ihn zu entlassen. Aber die Missionare baten mich darum. Er verdarb ihre Arbeit durch sein tadelnswertes Beispiel.«

»Später, als er bei der Eisenbahn, Ihrer Eisenbahn, ankam, wurde er ohne Grund entlassen«, sagte Kennedy herausfordernd.

»Keineswegs«, lautete die schnelle Antwort. »Ich nahm ihn in mein Privatkontor und sprach eine halbe Stunde mit ihm.«

»Sie entließen ihn wegen Untauglichkeit?«

»Wegen unmoralischen Lebenswandels, bitte.«

Dr. Kennedy lachte schneidend. »Wer, zum Teufel, hat Sie zum Richter eingesetzt? Verleiht Ihnen Ihr Grundbesitz die Herrschaft über die unsterblichen Seelen der Menschen, die für Sie arbeiten? Ich bin Ihr Arzt gewesen. Habe ich deshalb morgen einen Erlaß von Ihnen zu erwarten, daß ich entweder auf meinen Whisky-Soda oder auf Ihre Gönnerschaft zu verzichten habe? Pah! Ford, Sie nehmen das Leben zu ernst. Und als Joe wegen der Schmuggelei in Verlegenheit kam (damals stand er nicht in Ihren Diensten) und nach Ihnen schickte und Sie bat, die Strafe für ihn zu bezahlen, da ließen Sie ihn ein halbes Jahr Strafarbeit auf dem Riff verbüßen. Vergessen Sie nicht, daß Sie Joe Garland damals im Stich ließen. Sie ließen ihn fallen, und er fiel hart; aber ich erinnere mich des ersten Tages, als Sie in die Schule kamen – wir waren Pensionäre, und Sie besuchten nur die Schule –, da sollten Sie eingeweiht werden. Dreimal Untertauchen im Schwimmbassin – Sie wissen, das war die Dosis, die jeder neue Junge bekam. Aber Sie hatten Angst. Sie sagten, Sie könnten nicht schwimmen. Sie waren furchtsam, hysterisch.«

»Ja, ich erinnere mich wohl«, sagte Percival Ford langsam. »Ich fürchtete mich. Und es war Lüge, denn ich konnte schwimmen . . . Aber ich fürchtete mich.«

»Und wissen Sie noch, wer für Sie kämpfte? Wer für Sie log, schlimmer als Sie selbst lügen konnten, und schwor, er wüßte, daß Sie nicht schwimmen könnten? Wer ins Bassin sprang, Ihnen nach dem ersten Untertauchen half und dafür fast von den andern Jungen ertränkt wurde, die inzwischen herausgefunden hatten, daß Sie doch schwimmen konnten?«

»Natürlich weiß ich das«, antwortete der andere kalt. »Aber eine edle Tat als Knabe entschuldigt nicht eine unrichtige Lebensweise ein ganzes Leben lang.«

»Er hat Ihnen nie etwas getan – persönlich, meine ich.«

»Nein«, lautete Percival Fords Antwort. »Das ist es ja eben, was meine Stellung unangreifbar macht. Ich hege keinen persönlichen Haß gegen ihn. Er ist schlecht, das ist alles. Sein Leben ist schlecht –

»Das heißt, daß er mit Ihnen nicht einig ist über die Art und Weise, wie das Leben geführt werden soll«, unterbrach ihn der Doktor.

»Nennen Sie es so. Es ist gleichgültig. Er ist ein Tagedieb –«

»Dazu hat er auch alle Ursache«, unterbrach ihn der Doktor wieder, »in Anbetracht all der Stellungen, aus denen Sie ihn hinausgeworfen haben.«

»Er ist unmoralisch –«

»Ach, hören Sie auf, Ford. Kauen Sie diese Geschichte nicht immer wieder. Sie sind von reiner amerikanischer Rasse. Joe Garland ist ein halber Kanake. Ihr Blut ist dünn. Das seine ist heiß. Das Leben ist für Sie etwas anderes als für ihn. Er lacht und singt und tanzt durchs Leben, liebenswürdig, selbstlos, kindlich, als Freund aller Menschen. Sie gehen durchs Leben wie eine wandelnde Gebetsmaschine, ohne einen andern Freund als die Gerechten, und die Gerechten sind eben die, welche mit Ihnen einig sind über das, was recht sein soll. Und schließlich, was soll man dazu sagen? Sie leben als Einsiedler. Joe Garland lebt als ein lustiger Bursche. Wer hat mehr vom Leben? Wir werden bezahlt, um zu leben, das wissen Sie wohl. Wenn unser Lohn zu gering ist, geben wir die Arbeit auf, das ist, glauben Sie mir, der Grund aller vernünftigen Selbstmorde. Joe

Garland würde verhungern bei dem Lohn, den Sie vom Leben erhalten. Sehen Sie, er ist anders beschaffen. Und ebenso würden Sie verhungern bei seinem Lohn, der Gesang und Liebe ist –«

»Lüsternheit, wenn Sie gestatten«, unterbrach Ford ihn. Dr. Kennedy lächelte.

»Liebe ist für Sie ein Wort von fünf Buchstaben und eine dem Konversationslexikon entnommene Bedeutung. Aber Liebe, wirkliche Liebe, taufrisch und pochend, kennen Sie nicht. Wenn Gott Sie und mich und Männer und Frauen erschaffen hat, so können Sie glauben, daß er auch die Liebe erschaffen hat. Um aber auf unsern Ausgangspunkt zurückzukommen – es wird Zeit, daß Sie mit der Verfolgung Joe Garlands aufhören. Es ist Ihrer nicht würdig, und es ist feige. An Ihnen ist es jetzt, die Hand auszustrecken und sie ihm zu reichen.«

»Warum ich mehr als Sie?« fragte der andere. »Warum helfen Sie ihm nicht?«

»Das habe ich auch getan. Ich helfe ihm augenblicklich. Ich versuche, Sie dazu zu bringen, daß Sie ihn ruhig von der Beförderungskommission fortschicken lassen. Ich habe ihm die Stellung auf Hilo bei Mason und Fitch verschafft. Ich habe ihm ein Dutzend Stellungen verschafft, und Sie haben ihn aus jeder vertrieben. Aber das ist einerlei. Vergessen Sie eines nicht – ein bißchen Offenheit kann Ihnen nichts schaden –, es ist nicht richtig, Joe Garland für die Fehler eines andern büßen zu lassen; und Sie wissen, daß Sie es am allerwenigsten tun sollten. Es sieht nicht gut aus, Mann. Es ist geradezu unziemlich.«

»Jetzt verstehe ich Sie nicht«, antwortete Percival Ford.

»Sie schweben in der Luft mit irgendeiner merkwürdigen wissenschaftlichen Theorie von Erblichkeit und persönlicher Verantwortungslosigkeit. Aber wie eine Theorie Joe Garland für seine unrichtigen Taten unverantwortlich und mich gleichzeitig für sie verantwortlich machen kann – verantwortlicher als jeden anderen, Joe Garland selbst eingerechnet –, das geht über meinen Verstand.«

»Es ist vermutlich eine Angelegenheit des Feingefühls oder des Geschmacks, was Sie hindert, mich zu verstehen«, zischelte Dr. Kennedy. »Es ist sehr gut für die Gesellschaft, gewisse Dinge mit Schweigen zu übergehen, aber Sie tun mehr, als sie mit Schweigen zu übergehen.«

»Darf ich fragen, was ich mit Schweigen übergehe?«

Dr. Kennedy war zornig. Eine tiefere Röte, als sein Whisky und Soda sonst bei ihm hervorrief, übergoß sein Gesicht, als er antwortete: »Der Sohn Ihres Vaters.«

»Was meinen Sie damit?«

»Zum Teufel, Mann, Sie können doch nicht verlangen, daß ich noch deutlicher werden soll. Aber wenn Sie wollen, schön – Isaac Fords Sohn – Joe Garland – Ihr Bruder.«

Percival Ford saß ruhig mit einem ärgerlichen und erschrockenen Ausdruck im Gesicht da. Kennedy betrachtete ihn neugierig, und während die Minuten langsam dahinglitten, wurde er verlegen und erschrocken.

»Donnerwetter!« rief er schließlich. »Es ist doch nicht Ihr Ernst, daß Sie das nicht wußten?«

Als Antwort wurden die Wangen Percival Fords langsam grau.

»Das ist ein unheimlicher Spaß«, sagte er, »ein unheimlicher Spaß.«

Der Doktor hatte seine Selbstbeherrschung wiedergewonnen.

»Alle Menschen wissen es«, sagte er. »Ich glaubte, Sie wüßten es. Da Sie es aber nicht wußten, ist es Zeit, daß Sie es erfahren, und es freut mich, daß ich Gelegenheit hatte, Ihre Begriffe zu klären. Joe Garland und Sie sind Brüder – Halbbrüder.«

»Das ist nicht wahr!« rief Ford. »Das glauben Sie selber nicht, Joe Garlands Mutter war Eliza Kunilio.« (Dr. Kennedy nickte.) »Ich erinnere mich ihrer gut, mit ihrem Ententeich und ihrem Tarogarten. Sein Vater war Joseph Garland, der Schauermann.« (Dr. Kennedy schüttelte den Kopf.) »Er starb erst vor ein paar Jahren. Er war immer betrunken. Daher hat Joe seine Neigung zu Ausschweifungen. Es ist Erblichkeit.«

»Und keiner hat es Ihnen erzählt?« fragte Kennedy nach einer Pause verwundert.

»Dr. Kennedy, Sie haben etwas Furchtbares gesagt, das ich nicht durchgehen lassen kann. Entweder müssen Sie es beweisen oder . . .«

»Den Beweis können Sie selber finden. Drehen Sie sich um und sehen Sie ihn sich an. Jetzt haben Sie ihn im Profil. Sehen Sie seine Nase. Es ist die von Isaac Ford. Ihre ist nur eine verdünnte Ausgabe davon. So ist es recht. Sehen Sie ihn sich an. Die Linien sind voller, aber alles stimmt.«

Percival Ford betrachtete den Halbblut-Kanaken, der unter dem Haubaum spielte, und ihm war, als starrte er in irgendeiner Beleuchtung auf sein eigenes Gespenst. Zug auf Zug machte sich jetzt mit unverkennbarer Ähnlichkeit bemerkbar. Oder vielmehr, er war selbst ein Gespenst des andern muskulösen, prachtvoll gebauten Mannes. Und seine Züge wie die des andern erinnerten alle an Isaac Ford. Und keiner hatte es ihm gesagt. Jede Linie in Isaac Fords Gesicht kannte er. Miniaturen, Fotografien und Porträts seines Vaters musterte er in Gedanken, und immer wieder entdeckte er in dem Gesicht vor sich Ähnlichkeiten und schwache Andeutungen von Gleichartigkeit. Es war Teufelei, was die strengen Züge Isaac Fords in dem schlaffen, wollüstigen Gesicht vor ihm erscheinen ließ. Einmal wandte der Mann sich um, und blitzartig kam es Percival Ford vor, als schaute sein verstorbener Vater aus dem Gesicht Joe Garlands heraus. »Es hat ja gar nichts zu sagen«, hörte er Dr. Kennedy wie aus weiter Ferne sagen. »Damals war alles ein Durcheinander. Das wissen Sie. Das haben Sie Ihr ganzes Leben lang gesehen. Matrosen heirateten Königinnen und zeugten Prinzessinen usw., das war etwas Alltägliches auf den Inseln.«

»Aber nicht für meinen Vater«, unterbrach Percival Ford ihn.

»Sie sehen es selber«, Kennedy zuckte die Achseln. »Kosmischer Saft und Lebensrauch. Der alte Isaac Ford war Puritaner usw., und ich weiß, daß es nicht zu erklären ist, am allerwenigsten für ihn selber. Er verstand es ebensowenig wie Sie. Lebensrauch, das ist alles. Und vergessen Sie eines nicht, Ford. Es war ein Schuß unruhigen Blutes in Isaac Ford. Joe Garland erbte das – das alles, Lebensrauch und kosmischen Saft; wohingegen Sie das asketische Blut des alten Isaac erbten. Und eben weil Ihr Blut kalt und ordentlich und gezügelt ist, haben Sie gar keinen Grund, die Nase über Joe Garland zu rümpfen. Wenn Joe Garland vernichtet, was Sie aufbauen, so denken Sie daran, daß es nur der alte Isaac Ford ist, der mit der einen Hand auslöscht, was er mit der andern tut. Sie sind Isaac Fords rechte Hand; sagen wir, daß Joe Garland seine linke ist.« Percival Ford antwortete nicht, und schweigend leerte Dr. Kennedy seinen Whisky-Soda, den er vergessen hatte. Vor dem Garten hupte ein Automobil gebieterisch. »Das ist mein Wagen«, sagte Dr. Kennedy und erhob sich. »Ich muß fort. Es tut mir leid, daß ich Sie erschreckt habe, aber gleichzeitig freue ich mich darüber. Und eines sollen Sie wissen: Der Schuß von Unruhe in Isaac Fords Blut war außerordentlich gering, und Joe Garland hat ihn ganz bekommen. Und noch eines: Wenn die linke Hand Ihres Vaters Sie ärgert, sollten Sie sie nicht abhauen. Außerdem ist Joe ein netter Bursche. Offen gestanden, wenn ich mit Ihnen oder mit ihm auf einer öden Insel zusammen leben sollte, so würde ich Joe wählen.«

Zwei barfüßige Kinder spielten im Gras um ihn her, aber Percival Ford sah sie nicht. Er starrte immer noch auf den Sänger unter dem Haubaum. Er wechselte sogar einmal seinen Platz, um ihm näherzukommen. Der Buchhalter vom Küsten-Hotel ging vorbei, humpelnd vor Alter und seine widerspenstigen Füße nachziehend. Er wohnte seit vierzig Jahren auf den Inseln. Percival Ford winkte ihm, und der Buchhalter trat ehrerbietig näher, verwundert, daß Percival Ford Notiz von ihm nahm.

»John«, sagte Ford, »ich möchte gern etwas von Ihnen wissen. Wollen Sie Platz nehmen?«

Der Buchhalter setzte sich verlegen, gelähmt durch die unerwartete Ehre. Er blinzelte dem andern zu und murmelte: »Ja, danke sehr.«

»John, wer ist Joe Garland?«

Der Buchhalter starrte ihn an, blinzelte, räusperte sich und schwieg.

»Nur heraus mit der Sprache!« kommandierte Percival Ford. »Wer ist er?«

»Sie machen sich über mich lustig«, brachte der andere schließlich hervor.

»Es ist mein Ernst.«

Der Kontorist wich vor ihm zurück.

»Es ist doch wohl nicht Ihr Ernst, daß Sie das nicht wissen?« fragte er, und seine Frage war an und für sich schon die Antwort.

»Ich wünsche es zu wissen.«

»Aber er ist doch –« John hielt inne und sah sich hilflos um. »Würden Sie nicht lieber einen anderen fragen? Alle Menschen glauben, daß Sie es wissen. Wir haben stets gedacht . . .«

»Ja, weiter.«

»Wir haben stets gedacht, daß Sie ihm deshalb so im Nacken säßen.«

Fotografien und Miniaturen Isaac Fords flogen durch das Hirn seines Sohnes, und Gespenster von Isaac Ford schienen die Luft um ihn her zu erfüllen.

»Gute Nacht!« hörte er den Buchhalter sagen und sah ihn forthumpeln.

»John!« rief er.

John kehrte um und blieb dicht vor ihm stehen, blinzelnd und sich nervös die Lippen leckend.

»Sie haben es mir ja noch nicht gesagt.«

»Was, das von Joe Garland?«

»Ja, von Joe Garland. Wer ist er?«

»Er ist Ihr Bruder, wenn ich mir erlauben darf, das zu sagen.«

»Danke, John. Gute Nacht!«

»Und das wußten Sie nicht?« fragte der Alte, der jetzt, da der kritische Punkt überstanden war, nichts dagegen hatte, zu warten.

»Danke, John. Gute Nacht!« lautete die Antwort.

»Jawohl, vielen Dank. Ich glaube, es gibt Regen. Gute Nacht!«

Von einem klaren Himmel voller Sterne und Mondschein fiel ein so feiner Regen, daß er an eine Dampfwolke erinnerte. Niemand kümmerte sich darum; die Kinder setzten ihr Spiel fort, liefen mit bloßen Beinen durch das Gras und hüpften im Sand; und wenige Minuten später hatte er aufgehört. Im Südosten hob die Diamantenspitze ihre schwarze, scharfgezeichnete Kratersilhouette zu den Sternen. Schläfrig und monoton warf die Brandung ihren Schaum auf den Sand und ins Gras hinauf, und weit draußen konnte man Schwimmer als schwarze Punkte im Mondschein sehen. Die Stimmen der Männer, die einen Walzer sangen, verhallten; und in der Stille, unter den Bäumen, ertönte ein Frauenlachen, das wie ein Liebesschrei war. Percival Ford fuhr zusammen und dachte an die Worte Dr. Kennedys. Bei den Ausleger-Kanus, die auf den Sand gezogen waren, sah er Männer und Frauen, Kanaken, die in schmachtenden Stellungen wie Lotosesser ruhten, Frauen in weißen Holokus; und neben einem solchen Holoku sah er das dunkle Haupt vom Steuermann des Kanus an die Schulter der Frau gelehnt. Weiter unten, wo der Sandstreifen bei der Laguneneinfahrt breiter wurde, sah er einen Mann und eine Frau Seite an Seite sich ergehen. Als sie sich dem erleuchteten Lanai näherten, sah er die Hand der Frau abwärts streifen und einen umschlingenden Arm entfernen. Als sie vorbeigingen, nickte Percival Ford einem Hauptmann, den er erkannte, und der Tochter eines Majors zu. Lebensrauch, das war es – ein umfassender Ausdruck. Und wieder ertönte unter dem dunklen Johannisbrotbaum ein Frauenlachen, das wie ein Liebesschrei war, und an seinem Stuhl vorbei wurde ein barfüßiges Kind von einem scheltenden japanischen Kindermädchen geführt, um zu Bett gebracht zu werden. Die Sänger stimmten sanft und schmelzend ein hawaiisches Liebeslied an, und Offiziere und Damen glitten umschlungen vorbei und wirbelten über den Lanai; und wieder lachte die Frau unter den Johannisbrotbäumen.

Aber Percival Ford fühlte nur Unbehagen über das alles. Ihn irritierten das Liebeslachen der Frau, der Steuermann, der seinen Kopf an den weißen Holoku lehnte, die Paare, die sich am Strande ergingen, die tanzenden Offiziere und Damen, die Stimmen der Sänger, die von Liebe sangen, und sein Bruder, der, einer von ihnen, drunten unter dem Haubaum sang. Namentlich die lachende Frau irritierte ihn. Ein merkwürdiger Gedanke stieg in ihm auf. Er war der Sohn Isaac Fords, und was Isaac Ford zugestoßen war, konnte auch ihm zustoßen. Er fühlte bei dem Gedanken die schwache Wärme einer Röte in seine Wangen steigen, er spürte einen scharfen Stachel der

Scham. Er erschrak über das, was in seinem Blute war. Es war ihm, als erführe er plötzlich, daß sein Vater aussätzig gewesen war und daß vielleicht auch er in seinem eigenen Blute den Keim dieser furchtbaren Krankheit trug. Isaac Ford, der gestrenge Kämpfer des Herrn – ein alter Heuchler! Welcher Unterschied war zwischen ihm und irgendeinem Lumpen? Das Haus des Stolzes, das Percival Ford erbaut hatte, stürzte jetzt über seinem Haupte zusammen. Die Stunden verrannen, die Offiziere lachten und tanzten, das eingeborene Orchester spielte, und Percival Ford kämpfte mit dem plötzlich erstandenen, überwältigenden Problem, das ihm aufgezwungen worden war. Er betete still, den Ellbogen auf den Tisch gestützt und den Kopf in die Hand gelehnt, so daß er wie ein müder Zuschauer aussah. Zwischen den Tänzen kamen die Offiziere, ihre Damen und die Zivilisten zu ihm und plauderten konventionell, und wenn sie nach dem Lanai zurückkehrten, nahm er seinen Kampf wieder auf, wo er ihn unterbrochen hatte.

Er begann sein zerbrochenes Götzenbild Isaac Fords wieder zusammenzustücken, und um es zu flicken, benutzte er eine schlaue, verzwickte Logik. Sie war von der Art, wie sie in den Gehirn-Laboratorien von Egoisten gebraut wird, und sie erfüllte ihren Zweck. Es war unumstößlich, daß sein Vater aus einem feineren Stoff geschaffen war als seine Umgebung; aber doch war der alte Isaac erst in der Schöpfung begriffen gewesen, während er selbst, Percival Ford, fertig geschaffen war. Als Beweis dafür verzieh er seinem Vater und erhöhte dadurch gleichzeitig sich selber. Sein kleines mageres Ich wuchs zu riesigen Dimensionen. Er war groß genug, um zu verzeihen. Er glühte vor Stolz bei dem Gedanken hieran. Isaac Ford war groß gewesen, aber er selbst war größer, denn er konnte Isaac Ford verzeihen und ihm sogar in seiner Erinnerung seinen heiligen Platz wieder einräumen, wenn auch der Platz nicht mehr ganz so heilig war, wie er gewesen. Er fand es sogar richtig, daß Isaac Ford das Ergebnis seines einzigen Fehltritts ignoriert hatte. Er würde es auch ignorieren, jawohl!

Der Ball war zu Ende. Das Orchester hatte ›Aloha Oe‹ gespielt und schickte sich an, heimzugehen. Percival Ford klatschte in die Hände, und der japanische Diener erschien.

»Sag dem Mann, daß ich mit ihm reden will«, sagte er und zeigte auf Joe Garland. »Sag ihm, daß er herkommen soll, gleich.«

Joe Garland näherte sich und blieb ehrerbietig in einer Entfernung von einigen Schritten stehen, während er nervös an der Gitarre zupfte, die er noch in der Hand hielt. Der andere bat ihn nicht, sich zu setzen.

»Du bist mein Bruder«, sagte er.

»Ja, das wissen alle«, lautete die verwunderte Antwort.

»Ja, das höre ich«, sagte Percival Ford trocken. »Aber ich habe es erst heute erfahren.«

Der Halbbruder wartete, unangenehm berührt, in dem eintretenden Schweigen, während Percival Ford kaltblütig überlegte, was er sagen sollte.

»Erinnerst du dich des ersten Tages, als ich in die Schule kam und die Jungen mich untertauchten?« fragte er. »Warum nahmst du meine Partei?«

Der Halbbruder lächelte verlegen.

»Weil du es wußtest?«

»Ja, das war der Grund.«

»Aber ich wußte es nicht«, sagte Percival Ford in derselben trokkenen Weise.

»Nein«, sagte der andere.

Wieder trat Schweigen ein. Die Diener begannen das Licht auf dem Lanai auszulöschen.

»Jetzt . . . weißt du es«, sagte der Halbbruder leichthin. Percival Ford runzelte die Stirn. Dann betrachtete er den andern nachdenklich.

»Was willst du haben, um die Insel zu verlassen und nie wiederzukommen?« fragte er.

»Um nie wiederzukommen?« stammelte Joe Garland. »Dies ist das einzige Land, das ich kenne. Andere Länder sind kalt. Ich kenne keine andern Länder. Ich habe viele Freunde hier. In andern Ländern wird nicht eine Stimme sein, die sagt: ›Aloha, Joe, mein Freund.‹«

»Ich sagte: Um nie wiederzukommen«, wiederholte Percival Ford. »Die Alameda geht morgen nach San Franzisko ab.«

Joe Garland war verwirrt.

»Aber warum?« fragte er. »Jetzt weißt du doch, daß wir Brüder sind.«

»Eben darum«, lautete die Antwort. »Wie du selbst sagtest: alle Menschen wissen es. Ich will dich gut dafür bezahlen.«

Alle Verlegenheit fiel von Joe Garland ab. Alle Ungleichheit in Geburt und gesellschaftlicher Stellung war verschwunden.

»Du willst, daß ich fortgehe?« fragte er.

»Ich wünsche, daß du fortgehst und nie wiederkehrst«, antwortete Percival Ford.

Und in diesem Augenblick war es ihm blitzhaft, als sähe er den Bruder sich über ihn erheben wie ein Berg und sich selbst einschrumpfen und zu mikroskopischer Kleinheit schwinden. Aber es tut einem Menschen nicht gut, sich selbst in der richtigen Größe zu sehen, und keiner kann sich lange so sehen und dabei am Leben bleiben; und nur einen einzigen kurzen Augenblick sah Percival Ford sich und seinen Bruder in der richtigen Perspektive. In der nächsten Sekunde wurde er wieder von seinem mageren, unersättlichen Ich beherrscht.

»Wie gesagt, ich werde dich dafür schadlos halten. Du sollst nicht darunter zu leiden haben. Ich will dich gut bezahlen.«

»Schön«, sagte Joe Garland. »Dann werde ich fortgehen.« Er schickte sich zum Gehen an.

»Joe!« rief der andere. »Du kannst dich morgen früh an meinen Rechtsanwalt wenden. Fünfhundert sofort und zweihundert monatlich, solange du fortbleibst.«

»Sehr freundlich von dir«, antwortete Joe Garland sanft. »Zu freundlich. Aber ich glaube nicht, daß ich dein Geld brauche. Ich fahre morgen mit der Alameda ab.«

Er ging, ohne sich zu verabschieden.

Percival Ford klatschte in die Hände.

»Eine Limonade!« befahl er dem Japaner.

Und über der Limonade lächelte er lange und selbstzufrieden vor sich hin.

Die Tränen Ah Kims

Es herrschten großer Lärm und Getöse im Chinesenviertel von Honolulu, ohne daß jedoch die Leute in den Häusern sich beunruhigt hätten. Sie zuckten nur die Achseln und lächelten nachsichtig über die Unruhe. Es war etwas Gewohntes.

»Was gibt es?« fragte Chin Mo, der an einer schweren Brustfellentzündung darniederlag, seine Frau, die einen Augenblick am offenen Fenster stehengeblieben war, um zu lauschen.

»Nur Ah Kim«, lautete ihre Antwort. »Seine Mutter verprügelt ihn wieder mal.«

Der Lärm hatte sich nach dem Garten hinter den Wohnräumen verzogen, vor denen sich an der Straße der Laden befand, mit dem prangenden Schild: »Ah-Kim-Compagnie, Warenhaus.« Der Garten war ein zwanzig Fuß im Geviert messendes Miniaturgut, das dem Auge auf geschickte Weise eine ungeheure Weite vortäuschte. Da waren Wälder von Zwergkiefern und -eichen, jahrhundertealt, aber nur zwei bis drei Fuß hoch und mit ungeheurer Sorgfalt und riesigen Kosten eingeführt. Eine winzige, einen Schritt lange Brücke führte über einen Miniaturfluß, der mit Wasserfällen und Stromschnellen einem Miniatursee entströmte. Der See war von tausendflossigen, wunderbar orangenen Goldfischen bevölkert, die im Verhältnis zu See und Landschaft die reinen Walfische waren. Von allen Seiten blickten die vielen Fenster der mehrstöckigen baufälligen Häuser hernieder. Inmitten des Gartens, auf dem schmalen, mit Kies bestreuten Gang dicht am See erhielt Ah Kim geräuschvoll seine Prügel.

Ein Chinese in dem zarten Alter, in dem es Schläge zu setzen pflegt, war Ah Kim nicht. Ihm gehörte der Laden der Ah-Kim-Compagnie, und er hatte es in langen Jahren durch Sparsamkeit vom Kontraktkuli bis zu einem vierstelligen Bankkonto und einem prima Kredit gebracht. Genau ein halbes Jahrhundert von Sommern und Wintern war über seinem Haupt dahingegangen und hatte ihn dick, bequem und lässig gemacht. Untersetzt, wie er war, sah er von vorn aus, als gehörte er zur Familie der Wassermelonen. Er hatte ein Vollmondgesicht. Seine seidene Kleidung war würdig, und sein schwarzseidenes Käppchen mit dem roten Knopf obendrauf, das jetzt, ach, zu Boden gefallen war, wurde nur von den erfolgreichen und würdevollen Kaufleuten seiner Rasse getragen.

Aber in diesem Augenblick war seine Erscheinung alles eher als würdevoll. Er wand und duckte sich, in hockender Stellung zusammengekauert, unter einem Regen von Schlägen mit einem Bambusstock. Wenn er auf Knöchel und Ellbogen getroffen wurde, mit denen er sich Gesicht und Kopf zu schützen suchte, zuckte er unwillkürlich zusammen. Aus den vielen Fenstern rings sah die Nachbarschaft mit gelassener Freude zu. Und sie, die den Stock so heftig und offenbar mit viel Übung schwang? Vierundsiebzig Jahre alt, war ihr jede Minute kostbar. Ihre dünnen Beine staken in geradegeschnittenen Hosen aus steifem, schimmernd schwarzem Leinen. Ihr störrisches, zottiges graues Haar war straff aus der schmalen, störrischen Stirn zurückgekämmt. Brauen hatten sie nicht, da sie ihr längst ausgegangen waren. Ihre stecknadelgroßen Augen waren von tiefstem Schwarz. Sie glich zum Erschrecken einem Leichnam. Ihr runzliger Unterarm, den der lose Ärmel freiließ, wies nicht mehr Muskeln auf als über magere Knochen gespannte Bogensehnen unter gelber, pergamentartiger Haut. An diesem Mumienarm fuhren bei jedem Schlage Armbänder aus Jade auf und nieder.

»Ach!« rief sie, und jedes ihrer Worte wurde rhythmisch von drei Schlägen begleitet. »Ich habe dir verboten, mit Li Faa zu sprechen. Heut stehst du wieder auf der Straße mit ihr. Es ist noch keine Stunde her. Eine geschlagene halbe Stunde habt ihr geredet. – Was heißt das?«

»Das war das dreimal verfluchte Telefon«, murmelte Ah Kim, während sie den Stock zurückhielt, um zu hören, was er sagte. »Frau Chang Lucy hat es dir erzählt. Ich weiß es. Ich hab' sie gesehen. Ich werde das Telefon abnehmen lassen; es ist Teufelswerk.«

»Es ist Teufelswerk«, gab Frau Tai Fu zu, indem sie wieder zum Stock griff. »Aber das Telefon bleibt. Ich telefoniere gern mit Frau Chang Lucy.« »Sie hat Augen wie zehntausend Katzen«, sagte Ah Kim sich duckend, während der Stock auf seine Knöchel niedersauste. »Und eine Zunge wie zehntausend Kröten«, fügte er hinzu, ehe er sich vor dem nächsten Schlage duckte.

»Sie ist ein unverschämtes und böses Frauenzimmer«, sagte Frau Tai Fu nachdrücklich.

»Frau Chang Lucy war immer so«, murmelte Ah Kim als der pflichttreue Sohn, der er war.

»Ich spreche von Li Faa«, berichtigte seine Mutter und unterstrich ihre Worte mit einem Schlag. »Sie ist nur eine halbe Chinesin, wie du weißt. Ihre Mutter war eine schamlose Kanakin. Sie trägt Röcke wie die würdelosen Haolenfrauen – und dazu ein Korsett, wie ich selbst gesehen habe. Wo sind ihre Kinder? Und doch hat sie schon zwei Männer unter die Erde gebracht.«

»Der eine ertrank, der andere bekam einen Hufschlag von einem Pferd.«

»Ein Jahr mit ihr, du unwürdiger Sohn eines edlen Vaters, und du würdest froh sein, wenn du ertränkest oder einen Hufschlag von einem Pferd bekämst.«

Unterdrücktes Kichern und Lachen von den Zuschauern in den Fenstern spendeten ihrem Witz Beifall.

»Du hast selbst zwei Männer unter die Erde gebracht, verehrte Mutter«, gab Ah Kim ihr den Hieb zurück.

»Ich hatte doch so viel Geschmack, daß ich keinen dritten heiratete. Zudem starben meine beiden Männer ehrenhaft in ihren Betten. Sie wurden weder von Pferden getreten noch im Meer ersäuft. Was brauchen unsere Nachbarn zu wissen, ob ich zwei Männer oder zehn oder gar keinen gehabt habe? Du hast mich vor all unsern Nachbarn gelästert, und dafür werde ich dir eine Tracht Hiebe geben.«

Ah Kim ließ den Schauer von Schlägen über sich ergehen und sagte, als seine Mutter für einen Augenblick innehielt, atemlos und erschöpft:

»Immer habe ich gefleht und gebeten, ehrwürdige Mutter, daß du mich im Hause bei geschlossenen Fenstern und Türen und nicht auf offener Straße oder in dem offenen Garten hinter dem Haus schlagen möchtest.«

»Du hast diese unmögliche Li Faa die Silbermondblüte genannt«, erwiderte Frau Tai Fu mit echt weiblicher Unlogik, aber insofern äußerst erfolgreich, als sie dadurch den gefährlichen Gegenstoß ihres Sohnes parierte.

»Frau Chang Lucy hat es dir erzählt«, sagte er vorwurfsvoll.

»Ich erfuhr es durch das Telefon«, wich seine Mutter ihm aus. »Ich erkenne nicht alle Stimmen, die durch diese Erfindung aller Teufel mit mir sprechen.«

Merkwürdigerweise machte Ah Kim keinen Versuch, seiner Mutter fortzulaufen, was er leicht hätte tun können. Andererseits fand sie hierin einen Grund zu weiteren Schlägen.

»Ach! Du Eigensinn! Warum weinst du nicht? Du Bastard, der du deinen Vorfahren Schande machst! Nie hab' ich dich zum Weinen bringen können. Nicht einmal, als du klein warst. Antworte! Warum weinst du nicht?«

Erschöpft und atemlos von ihrer Anstrengung ließ sie den Stock sinken und keuchte und zitterte wie in einem nervösen Anfall.

»Ich weiß nur, daß ich nun mal so bin«, erwiderte Ah Kim, seine Mutter besorgt anblickend. »Ich werde dir jetzt einen Stuhl bringen, dann wirst du dich setzen und dich ausruhen, bis dir wieder besser ist.« Aber kurz auflachend, wandte sie sich schnell von ihm ab und wankte – eine alte Frau – durch den Garten nach dem Hause. Während Ah Kim sich sein Käppchen wieder aufsetzte und seine Kleidung in Ordnung brachte, rieb er sich die schmerzenden Stellen und blickte ihr voller Ergebenheit nach. Er lächelte sogar, und es schien fast, als freute er sich über die erhaltenen Schläge.

Schon als Kind war Ah Kim so geschlagen worden, als er noch auf den hohen Ufern beim elften Katarakt des Jangtse lebte. Hier war sein Vater geboren und hatte sein Leben lang seit seiner Jünglingszeit als Schleppkuli geschuftet. Als er starb, übernahm Ah Kim, jetzt selbst ein Jüngling, denselben ehrenhaften Beruf. Soweit die Geschichte der Familie zurückreichte, waren ihre männlichen Mitglieder stets Schleppkulis gewesen. Schon zur Zeit Christi haben seine direkten Vorfahren diesen Beruf ausgeübt, indem sie die genau ebenso aussehenden Dschunken mittels eines eine halbe Meile langen Seiles, zu je hundert bis zweihundert Kulis je nach der Größe des Fahrzeuges, in einer langen Reihe durch das weiße Wasser den Canyon hinaufzogen. Diese Arbeit geschah allein durch die Kraft zweibeiniger Männer, die sich vorwärts- und niederbeugten, bis ihre Hände den Boden berührten und ihre Gesichter sich zuweilen nur einen Fuß darüber befanden.

Offenbar war die Bezahlung dieser Beschäftigung in all den vergangenen Jahrhunderten nicht gestiegen. Sein Vater, sein Großvater und er selbst, Ah Kim, hatten genau die gleiche unveränderliche Bezahlung erhalten – ein Vierzehntel Cent per Dschunke, nach der Geldwährung, die er seither in Hawaii kennengelernt hatte. An langen glücklichen Sommertagen, wenn das Fahrwasser gut und es sechzehn Stunden am Tage hell war, und wenn es viele Dschunken gab, konnten sie in den sechzehn Stunden bei solch heroischer Arbeit über einen Cent verdienen. Aber in einem ganzen Jahr verdiente ein Schleppkuli nicht mehr als anderthalb Dollar. Die Menschen konnten von einem solchen Einkommen leben und taten es auch. Es gab weibliche Dienstboten, die einen Jahreslohn von einem Dollar erhielten. Die Netzmacher von Ti Wi verdienten zwischen einem und zwei Dollar jährlich. Sie lebten von diesen Löhnen, oder wenigstens starben sie doch nicht dabei. Aber für die Schleppkulis gab es Nebenverdienste, und die waren es eben, die den Beruf zu einem so ehrenvollen und die Zunft zu einer geschlossenen, erblichen Körperschaft oder Gewerkschaft machten. Von je fünf Dschunken, die man die Schnellen heraufschleppte oder hinabließ, erlitt eine Schiffbruch. Eine Dschunke von je zehn war ganz verloren. Die Kulis der

Schleppzunft kannten die Launen und Tücken der Schnellen, sie nahmen die Gelegenheit wahr und fischten sich eine nasse Ernte aus dem Flusse. Die geringeren Kulis sahen zu denen von der Zunft auf, denn die konnten sich täglich Ziegeltee und Reis Nummer vier leisten.

Und Ah Kim war zufrieden und stolz gewesen, bis er an einem rauhen Frühlingstag in Regen und Hagel einen ertrinkenden Matrosen aus Kanton ans Ufer zog. Dieser Wanderer, der an seinem Feuer auftauchte, hatte ihm zum ersten Male den magischen Namen Hawaii genannt. Er sei selber nie in diesem Paradies der Arbeiter gewesen, sagte der Matrose; aber viele Chinesen seien von Kanton dorthin gegangen, und er habe sagen hören, was in ihren Briefen gestanden hätte. In Hawaii gäbe es weder Kälte noch Hunger. Die Schweine würden nie gefüttert, wären aber doch fett von den reichlichen Speiseresten, die die Menschen verachteten. Eine ganze Familie in Kanton oder am Jangtse könnte vom Überfluß eines Hawaiianer Kulis leben. Und die Löhne? Golddollars, zehn im Monat, Papierdollars, zwanzig im Monat – soviel erhielt der chinesische Kontraktkuli von den weißen Teufeln, den Zuckerkönigen. In einem Jahr erhielt der Kuli die fabelhafte Summe von zweihundertvierzig Papierdollar – mehr als hundertmal soviel wie ein Kuli, der zehnmal so schwer am elften Katarakt des Jangtses arbeitete. Kurz, alles in allem war ein hawaiischer Kuli hundertmal und, in Anbetracht der Arbeitsleistung, tausendmal besser daran. Und dazu kam noch das herrliche Klima.

Als Ah Kim vierundzwanzig war, trat er, trotz den Bitten und Schlägen seiner Mutter, aus der alten und ehrbaren Zunft der Schleppkulis vom elften Katarakt aus, ließ seine Mutter als Magd für einen Dollar jährlich, nebst Kleidung für nicht weniger als dreißig Cent, im Hause eines Oberkulis zurück und begab sich selbst den Jangtse hinab nach dem großen Meer. Viele Abenteuer erlebte er und schwere Arbeit und Mühen, ehe er als Salzmeer-Dschunkenmatrose nach Kanton gelangte. Mit sechsundzwanzig verschrieb er fünf Jahre seines Lebens und seiner Arbeit den hawaiischen Zuckerkönigen und fuhr als einer von achthundert Kontraktkulis nach diesem fernen Inselland auf einem morschen Dampfer, der von einem verrückten Kapitän und betrunkenen Offizieren geführt wurde und von Lloyds abgelehnt war.

Unter den Arbeitern hatte Ah Kim als Schleppkuli Ansehen genossen. In Hawaii, wo er die hundertfache Bezahlung erhielt, merkte er, daß man auf ihn herabsah als auf den Geringsten der Geringen – einen Plantagenkuli, das Niedrigste, was man sich denken konnte. Aber ein Kuli, dessen Vorfahren seit der Geburt Christi Dschunken den elften Katarakt hinaufgeschleppt haben, erbt unvermeidlich einen Charaktergrundzug, nämlich den der Geduld. Diese Geduld besaß Ah Kim. Nach Ablauf der fünf Jahre, als seine Zwangsarbeit getan war, fehlten ihm noch gerade zehn Dollar auf seinem Bankkonto an der runden Summe von tausend Papierdollar. Mit dieser Summe hätte er nach dem Jangtse zurückkehren und sich dort als wohlhabender Mann für den Rest seines Lebens zurückziehen können. Die Summe wäre größer gewesen, hätte er nicht konservativ, wie er war, gelegentlich Che Fa und Faa Tan gespielt, und hätte er nicht zwölf Monate lang unter den Tausendfüßlern und Skorpionen der stickigen Zuckerrohrfelder im Halbtraum eines andauernden Opiumrausches gearbeitet. Moralische Skrupel hatte er nicht gehabt, aber das Gift hatte zuviel gekostet.

Aber Ah Kim kehrte nicht nach China zurück. Er hatte Einblicke in das Geschäftsleben von Hawaii getan, und ein hochfliegender Ehrgeiz hatte ihn gepackt. Sechs Monate arbeitete er als Handlungsgehilfe im Plantagenladen, um den Handel und die englische Sprache gründlich zu erlernen. Dann verstand er von diesem Geschäft mehr als je ein Plantagenverwalter von einem Plantagenladen. Zur Zeit seiner Kündigung erhielt er ein Monatsgehalt von vierzig Golddollar oder achtzig Papierdollar und begann Fett anzusetzen. Seine Haltung den Kontraktkulis gegenüber war unverkennbar aristokratisch geworden. Der Verwalter bot ihm eine Gehaltserhöhung auf sechzig in Gold an, was die fabelhafte Summe von vierzehnhundertundvierzig Papierdollar oder das Siebenhundertfache seines Jahreseinkommens als zweibeiniges Pferd zu einem Lohn von einem Vierzehntel Goldcent per Dschunke am Jangtse bedeutet haben würde.

Statt zuzuschlagen, ging Ah Kim nach Honolulu und begann wieder von der Pike auf, für fünfzehn Dollar monatlich, in dem großen Warenhaus von Fong & Chow Fong. Er arbeitete hier anderthalb Jahre lang und verzichtete, als er dreiunddreißig war, auf das Monatsgehalt von fünfundsiebzig Golddollar, das seine chinesischen Brotgeber ihm bezahlten. Hierauf hängte er sein eigenes Schild aus: »Ah-Kim-Compagnie, Warenhaus.« Mit der besseren Ernährung hatte seine magere Gestalt sich etwas gefüllt und ließ schon die Rundlichkeit ahnen, die ihn in späteren Jahren auszeichnen sollte.

Von Jahr zu Jahr wuchs sein Glück; mit sechsunddreißig hatte er seinen endgültigen Leibesumfang erreicht und nahm als Mitglied der exklusiven Hai Gum Tong und der Vereinigung chinesischer Kaufleute an Gastmählern teil, die ihn so viel kosteten, wie dreißig Jahre Schlepparbeit am elften Katarakt ihm eingebracht hätten. Nur zweierlei entbehrte er: eine Frau, sowie seine Mutter, auf daß sie ihn züchtige, wie er es von klein auf gewöhnt gewesen.

Als er siebenunddreißig war, befragte er sein Bankkonto. Es betrug dreitausend Golddollar. Für zweitausendfünfhundert in bar und eine kleine Hypothek konnte er das Grundstück mit dem dreistöckigen Haus kaufen. Tat er das aber, so blieben ihm nur fünfhundert zum Kauf einer Frau. Fu Yee Po hatte eine heiratsfähige, sehr kleinfüßige Tochter, die er gern aus China hätte kommen lassen, um sie ihm für achthundert Golddollar zuzüglich Reisekosten zu verkaufen. Fu Yee Po erklärte sich sogar damit einverstanden, die fünfhundert in bar zu nehmen und ihm den Rest zu sechs Prozent zu stunden.

Ah Kim, der jetzt siebenunddreißig Jahre alt, dick und Junggeselle war, sehnte sich wirklich nach einer Frau, und zwar nach einer kleinfüßigen; denn da er in China geboren und aufgewachsen war, hatten sich die unsterblichen kleinfüßigen Frauen tief in seine Phantasie eingeprägt. Aber noch mehr, ja weit mehr, sehnte er sich nach seiner Mutter und nach den Schlägen seiner holden Mutter. So lehnte er Fu Yees Angebot trotz den leichten Zahlungsbedingungen ab und ließ mit weit weniger Kosten seine Mutter kommen, damit sie aus einer Dienstmagd mit einem Jahresgehalt von einem Dollar zur Herrin seines dreistöckigen Hauses in Honolulu wurde, mit zwei Hausmädchen, drei Handlungsgehilfen und einem Pförtner, über die sie zu gebieten hatte, gar nicht zu reden von den Stoffen, die vom billigsten Baumwollkrepp bis zur kostbarsten handgestickten Seide auf den Regalen aufgestapelt waren und einen Wert darstellten, der in die Zehntausende ging. Denn man muß wissen, daß schon damals der Grund gelegt wurde für die Vorherrschaft Ah Kims im Handel mit den amerikanischen Touristen. Dreizehn Jahre lang hatte Ah Kim nun leidlich glücklich mit seiner Mutter gelebt und war gerecht und ungerecht für wirkliche oder eingebildete Vergehen methodisch von ihr geprügelt worden; und am Ende war er sich mehr als je bewußt, daß sein Herz und Hirn nach einem Weibe und seine Lenden nach Söhnen verlangten, die nach ihm leben und die Dynastie der Ah-Kim-Compagnie fortführen sollten. Dieser Traum hat die Männer seit den frühesten Zeiten beunruhigt, als sie zum erstenmal ein Jagdrecht oder eine Sandbank als Fischfalle für sich in Anspruch nahmen oder ein Dorf erstürmten und die männlichen Bewohner mit dem Schwert ausrotteten. Könige, Millionäre, chinesische Kaufleute in Honolulu – sie alle haben dies gemein, mögen sie auch Gott preisen, daß er sie verschieden und jeden in seiner Eigenart geschaffen hat.

Und das Ideal von einem Weib, nach dem Ah Kim sich mit fünfzig verzehrte, war anders als sein Ideal mit siebenunddreißig. Jetzt wollte er kein kleinfüßiges Weib mehr, sondern ein frei und natürlich ausschreitendes mit normalen Füßen; und dieses Weib erschien in Gestalt Li Faas, der Silbermondblüte, in seinen Tagträumen und beunruhigte seine nächtlichen Visionen. Was schadet es, daß sie zweimal verwitwet und die Tochter einer Kanakenmutter war und Röcke, Korsetts und Schuhe mit hohen Absätzen wie die weißen Teufel trug! Er sehnte sich nach ihr. Es schien geschrieben zu stehen, daß sie die Stammutter der Generationen werden sollte, die das Geschäft der Ah-Kim-Compagnie fortsetzen.

»Ich will keine Halb-Paké-Schwiegertochter haben«, hörte Ah Kim immer wieder von seiner Mutter – Paké bedeutet im Hawaiischen Chinese. »Ganz Paké soll meine Schwiegertochter sein, wie du, mein Sohn, und ich, deine Mutter. Und sie muß Hosen tragen, mein Sohn, wie alle Frauen in unserer Familie vor ihr. Eine Frau in den Röcken und Korsetts der weißen Teufel kann unsern Ahnen keine Ehrfurcht erweisen. Korsett und Ehrfurcht – das geht nie zusammen. Und so eine ist die schamlose Li Faa. Sie ist frech und eigenwillig und wird weder ihrem Mann noch der Mutter ihres Mannes Gehorsam bezeigen. Diese freche Li Faa wird sich selbst für die Lebensquelle und Stammutter halten und keine Ahnen vor sich anerkennen. Sie lacht über unsere Räucherrohre, unsere Gebetszettel und unsere Familiengötter, wie man mir gesagt hat –«

»Frau Chang Lucy«, stöhnte Ah Kim.

»Nicht nur Frau Chang Lucy, o mein Sohn. Ich habe mich erkundigt. Mindestens ein Dutzend Leute haben gehört, daß sie unser Götterhaus eine Affenkomödie nannte. Das hat sie gesagt, sie, die rohen Fisch, rohe Muscheln und gebratenen Hund ißt. Wir sind Affen. Aber heiraten will sie dich, einen Affen, doch, wegen deines Ladens, der ein Palast ist, und wegen deines Reichtums, der dich zu einem großen Mann macht. Und sie würde Schande über mich bringen und über deinen lange vor dir eines ehrenvollen Todes gestorbenen Vater.«

Und somit war nicht mehr darüber zu reden. Wie die Dinge standen, wußte Ah Kim, daß seine Mutter recht hatte. Nicht umsonst war Li Faa vor vierzig Jahren geboren als Tochter eines chinesischen Vaters, der allen Traditionen abtrünnig geworden war, und einer kanakischen Mutter, deren Eltern die Tabus gebrochen, ihre eigenen polynesischen Götter gestürzt und feige der Predigt der christlichen Missionare von ihrem fernen, unvorstellbaren Gott gelauscht hatten. Die gebildete Li Faa, die Englisch und Hawaiisch sowie ein gut

Teil Chinesisch lesen und schreiben konnte, gab vor, nichts zu glauben, obgleich sie sich heimlich vor den Kahunas (hawaiischen Zauberern) fürchtete, deren Gebet, wie sie bestimmt glaubte, Unglück verhüten und den Tod bringen konnte. Li Faa – davon war Ah Kim überzeugt – würde nie in sein Haus kommen, vor seiner Mutter Kotau machen und ihre Sklavin sein, wie es seit ewigen Zeiten in China Sitte war. Li Faa war vom chinesischen Gesichtspunkt aus eine neue Frau, eine Frauenrechtlerin, die rittlings zu Pferde saß, sich in schamloser Kleidung beim Brandungsreiten in Waikiki belustigte und auf mehr als einem Luau (Fest), wie man wußte, die Hula auf das unanständigste zur allgemeinen Begeisterung getanzt hatte.

Ah Kim, der eine Generation jünger als seine Mutter war, war selbst von der Säure der neuen Sitten angefressen. Das Alte lebte noch in ihm, er fühlte noch in den verborgensten Tiefen des Seins die verstaubte Hand der Vergangenheit auf sich ruhen, über sich herrschen; dabei aber unterschrieb er gewichtige Feuer- und Lebensversicherungspolicen, fungierte als Schatzmeister der chinesischen Revolutionäre am Platz, die das himmlische Reich in eine Republik umwandeln wollten, entrichtete Beiträge zum Fonds der hawaiisch-chinesischen Baseballmannschaft, die besser als die amerikanische in diesem uramerikanischen Spiel war, unterhielt sich über Theosophie mit Katso Suguri, dem japanischen Buddhisten und Seidenimporteur, bestach die Polizei, leistete seinen Einsatz in dem trügerischen Spiel der demokratischen Politik des annektierten Hawaiis und dachte daran, sich ein Auto zu kaufen. Ah Kim wagte nie, sich so weit zu entblößen, in sich zu gehen und sich zu erforschen, daß er sich darüber klargeworden wäre, wieviel er von seinem Glauben an das Alte verloren hatte. Seine Mutter gehörte zu dem Alten, aber er verehrte sie und war glücklich unter ihrem Bambusstock. Li Faa, die Silbermondblüte, gehörte zum Neuen, und doch konnte er nie ganz glücklich ohne sie werden.

Denn er liebte Li Faa. Mit seinem Vollmondgesicht und seiner Wassermelonengestalt, als der kluge Geschäftsmann, der er war, und trotz der Lebensweisheit eines halben Jahrhunderts wurde Ah Kim ein Künstler, wenn er an sie dachte. Er dachte an sie in Gedichten von Namen, sie verwandelte sich in seinen Gedanken in Wortblüten von Schönheit und in philosophische Begriffe von vollendeter Leichtigkeit. Sie war für ihn, und für ihn allein von allen Menschen der Welt, seine Pflaumenblüte, seine Ruhe in weiblicher Gestalt, seine Blume der Heiterkeit, seine Mondlilie und sein vollkommener Friede. Und wenn er diese teuren Liebesnamen murmelte, schienen sie ihm das Plätschern rinnenden Wassers, das Läuten silberner Windglöckchen und den Duft von Oleander und Jasmin zu enthalten. Sie war für ihn das Gedicht in Gestalt eines Weibes, ein lyrisches Entzücken, der Inbegriff alles körperlichen und geistigen Entzückens, Verhängnis und Glück zugleich, ihm, ehe noch der erste Mann und die erste Frau lebte, von den Göttern bestimmt, denen es anheimgegeben war, alle Männer und Frauen zu Freude und Leid zu schaffen. Aber seine Mutter steckte ihm den Schreibpinsel in die Hand und legte vor ihm auf den Tisch die Schreibtafel. »Male«, sagte sie, »das Zeichen für ›heiraten‹.«

Er gehorchte, indem er verwundert, was sie wohl wollte, mit der Geschicklichkeit und Kunstfertigkeit seiner Rasse die symbolischen Hieroglyphen malte.

»Erkläre es«, befahl seine Mutter.

Ah Kim blickte sie an, neugierig, gehorsam, ohne ihre Absicht zu erraten.

»Woraus ist es zusammengesetzt?« beharrte sie. »Welches sind die drei Urbilder, aus denen es zusammengesetzt ist: heiraten, Ehe, das Zusammenkommen und Getrautwerden von Mann und Frau? Male sie, male sie einzeln, die drei Urzeichen, jedes für sich, auf daß wir erfahren mögen, wie die klugen Männer in alten Zeiten weislich das Zeichen für ›heiraten‹ zusammenstellten.«

Und Ah Kim gehorchte und malte und sah, daß was er gemalt hatte, drei Bildzeichen waren – die Bildzeichen einer Hand, eines Ohrs und einer Frau. »Nenne sie«, sagte seine Mutter; und er nannte sie. »Es ist wahr«, sagte sie. »Es ist bedeutungsvoll. Es ist das, was den gemalten Bildern von der Ehe zugrunde liegt. So war die Ehe im Anfang, und so soll sie immer sein in meinem Hause. Die Hand des Mannes, der das Ohr der Frau faßt und sie daran in sein Haus führt, wo sie ihm und seiner Mutter gehorsam zu sein hat. Ich wurde so am Ohr gefaßt von deinem vor langem ehrenvoll gestorbenen Vater. Ich habe mir deine Hand angesehen. Sie ist nicht wie seine Hand. Ich habe mir auch das Ohr Li Faas angesehen. Nie wirst du sie am Ohre führen. Sie hat kein solches Ohr. Ich will noch lange leben, und ich will Herrin im Hause meines Sohnes sein, nach alter Art, bis ich sterbe.«

»Aber sie ist meine verehrte Vorfahrin«, erklärte Ah Kim Li Faa. Er war verlegen und traurig, denn Li Faa, die herausbekommen hatte, daß Frau Tai Fu im Tempel des chinesischen Äskulap war, um für ihre schwankende Gesundheit gedörrtes Entenfleisch und Gebete zu opfern, hatte die Gelegenheit wahrgenommen, ihn in seinen Laden rufen zu lassen.

Li Faa schürzte ihre frechen unbemalten Lippen zur Form einer halbgeöffneten Rosenknospe und erwiderte: »So ist es in China. Ich kenne China nicht. Dies ist Hawaii, und in Hawaii ändern sich die Sitten aller Fremden.«

»Sie ist dennoch meine Vorfahrin«, protestierte Ah Kim, »die Mutter, die mich gebar, ob ich nun in China bin oder in Hawaii, o Silbermondblüte, die ich mir zum Weibe wünsche.«

»Ich habe zwei Männer gehabt«, stellte Li Faa ruhig fest. »Der eine war ein Paké, der andere ein Portugiese. Ich habe viel von beiden gelernt. Ich bin auch gut erzogen worden. Ich habe die Hochschule besucht, und ich habe öffentlich Klavier gespielt. Der Paké war der beste Mann. Nie werde ich mich wiederverheiraten, es sei denn mit einem Paké. Aber er darf mich nicht am Ohr fassen –«

»Woher weißt du das?« unterbrach er sie erstaunt.

»Von Frau Chang Lucy«, lautete die Antwort. »Frau Chang Lucy erzählt mir alles, was deine Mutter ihr erzählt, und deine Mutter erzählt ihr viel. So laß dir denn sagen, daß ich mich nicht am Ohr fassen lasse.«

»Und das ist es eben, was meine verehrte Mutter mir gesagt hat«, stöhnte Ah Kim.

»Und das ist es, was deine verehrte Mutter Frau Chang Lucy und was Frau Chang Lucy mir gesagt hat«, fuhr Li Faa ruhig fort.

»Und ich will dir jetzt sagen, oh, mein künftiger dritter Gatte, daß der Mann noch nicht geboren ist, der mich am Ohr führen wird. Das ist nicht Sitte in Hawaii. Ich will mit meinem Mann nur Hand in Hand, Seite an Seite gehen, gleichberechtigt, wie die Haolen sagen. Mein portugiesischer Mann dachte anders. Er versuchte mich zu schlagen. Ich zeigte ihn dreimal bei der Polizei an, und jedesmal wurde er zur Strafarbeit auf dem Riff verurteilt. Später ertrank er.«

»Meine Mutter ist fünfzig Jahre lang meine Mutter gewesen«, erklärte Ah Kim tapfer.

»Und seit vierzig Jahren schlägt sie dich«, kicherte Li Faa. »Wie lachte mein Vater immer über Yap Ten Shin! Wie du, war Yap Ten Shin in China geboren, und er hatte auch die chinesischen Sitten gebrochen. Sein alter Vater schlug ihn immer mit einem Stock. Er liebte seinen Vater. Aber härter als je zuvor schlug sein Vater ihn, als er Missionspaké wurde. Jedesmal, wenn er ging, um seinen Missionsberuf zu erfüllen, schlug sein Vater ihn. Und jedesmal, wenn die Mission davon hörte, sprachen sie hart zu Yap Ten Shin, weil er seinem Vater erlaubte, ihn zu schlagen. Und mein Vater lachte und lachte, denn mein Vater war ein sehr aufgeklärter Paké, der seine Gewohnheiten schneller abgelegt hatte als die meisten Fremden. Und all diese Unannehmlichkeiten kamen nur daher, daß Yap Ten Shin ein liebendes Herz hatte. Er liebte seinen ehrenwerten Vater. Er liebte den Gott der Liebe der Christenmission. Schließlich aber fand er in mir die größte Liebe von allen, nämlich die Liebe des Weibes. In mir vergaß er seine Liebe zu seinem Vater und seine Liebe zum liebenden Jesus.

Und er bot meinem Vater sechshundert in Gold für mich – der Preis war niedrig, weil meine Füße nicht klein waren. Aber ich war eine halbe Kanakin. Ich sagte, ich sei keine Sklavenfrau, und ich wolle nicht an einen Mann verkauft werden. Meine Hochschullehrerin war ein altes Haolenmädchen, und sie sagte, die Liebe einer Frau stehe so hoch über jedem Preis, daß sie nie bezahlt werden könne. Sie war nicht schön. Sie konnte sich selber nicht verschenken. Meine Kanakenmutter sagte, es sei nicht Sitte bei den Kanaken, ihre Töchter für Geld zu verkaufen. Sie gäben ihre Töchter für Liebe, aber sie wurde nachgiebig, als Yap Ten Shin große und prächtige Luaus gab. Mein Pakévater war, wie ich dir sagte, aufgeklärt. Er fragte mich, ob ich Yap Ten Shin zum Manne wollte. Und ich sagte ja; und freiwillig, von selber, ging ich zu ihm. Das war der, der von einem Pferde getreten wurde; aber er war ein sehr guter Gatte, ehe er von dem Pferde getreten wurde.

Was dich betrifft, Ah Kim, so wirst du immer ehrenwert und liebenswürdig zu mir sein, und eines Tages, wenn du mich nicht mehr am Ohr zu fassen brauchst, werde ich dich heiraten und herkommen und immer bei dir bleiben, und du wirst der glücklichste Paké in ganz Hawaii sein; denn ich habe zwei Männer gehabt und die Hochschule besucht und weiß am besten, wie man einen Gatten glücklich macht. Aber das wird erst sein, wenn deine Mutter aufgehört hat, dich zu schlagen. Frau Chang Lucy sagt mir, daß sie dich sehr hart schlägt.«

»Das tut sie«, bestätigte Ah Kim. »Schau!« Er schob seine losen Ärmel zurück, so daß seine glatten, drallen Unterarme zum Vorschein kamen. Sie waren von schwarzen und blauen Flecken bedeckt, die die Wucht und die Zahl der Schläge verkündeten, welche er dadurch von Gesicht und Kopf abgehalten hatte.

»Aber sie hat mich nie zum Weinen gebracht«, fügte Ah Kim hastig hinzu. »Nie hat sie mich zum Weinen gebracht, selbst als ich noch ein kleiner Knabe war.«

»Das sagt Frau Chang Lucy auch«, bemerkte Li Faa. »Sie sagt, deine ehrenwerte Mutter erzähle ihr oft, daß sie dich nie zum Weinen gebracht habe.«

Die Warnung, die einer seiner Handlungsgehilfen zischte, kam zu spät. Frau Tai Fu, die das Haus durch die hintere Allee erreicht hatte, schritt aus den Wohnräumen gerade auf sie zu. Noch nie hatte Ah Kim die Augen seiner Mutter so wütend flammen sehen. Sie beachtete Li Faa nicht, als sie ihn anschrie: »Jetzt will ich dich zum Weinen bringen; wie nie zuvor will ich dich schlagen, bis du weinst.«

»Dann laß uns in die hinteren Räume gehen, ehrenwerte Mutter«, schlug Ah Kim vor. »Wir wollen Fenster und Türen schließen, und dann magst du mich schlagen.«

»Nein. Hier sollst du geschlagen werden, hier, vor aller Welt und vor dieser schamlosen Frau, die dich mit ihrer eigenen Hand beim Ohr fassen und eine solche Entweihung Ehe nennen würde.«

»Ich warte«, sagte Li Faa. Sie beglückte die Handlungsgehilfen mit einem feurigen Blick. »Und ich möchte sehn, ob die Polizei mich hier hinauswirft.«

»Du wirst nie meine Schwiegertochter werden«, fauchte Frau Tai Fu.

Li Faa nickte zustimmend.

»Aber dein Sohn wird doch mein dritter Mann«, fügte sie hinzu.

»Du meinst, wenn ich tot bin?« kreischte die alte Mutter.

»Die Sonne geht jeden Morgen auf«, sagte Li Faa rätselhaft. »Mein ganzes Leben lang habe ich sie aufgehen sehen –«

»Du bist vierzig, und du trägst ein Korsett.«

»Aber ich färbe mir nicht das Haar – das kommt erst später«, entgegnete Li Faa ruhig. »Was du von meinem Alter sagst, stimmt. Am nächsten Kamehamehatage werde ich einundvierzig. Vierzig Jahre lang habe ich die Sonne aufgehen sehen. Mein Vater war ein alter Mann. Ehe er starb, erzählte er mir, daß er von Kind auf die Sonne hätte aufgehen sehen, ohne daß sich das geringste dabei geändert hätte. Die Welt ist rund. Konfuzius wußte das nicht, aber du wirst es in allen Geographiebüchern finden. Die Welt ist rund. Immer dreht sie sich um sich selber, immer und immer, herum und herum. Und die Zeiten und der Wechsel von Wetter und Leben drehen sich mit ihr. Was ist, das war auch früher. Die Zeit der Brotfrucht und der Mango kehrt immer wieder, und Mann und Frau wiederholen sich selbst. Die Rotkehlchen nisten, und im Frühling kommen die Regenpfeifer aus dem Norden. Die Kokospalme erhebt sich in die Luft, läßt ihre Früchte reifen und stirbt. Aber immer gibt es neue Kokospalmen. Dies habe ich mir nicht selbst alles ausgedacht. Vieles davon hat mein Vater mir gesagt. Fahre fort, ehrenwerte Frau Tai Fu, und schlage deinen Sohn, der mein künftiger dritter Gatte ist. Aber ich werde lachen. Ich sage dir vorher, daß ich lachen werde.« Ah

Kim kniete nieder, um es seiner Mutter zu erleichtern. Und während sie die Schläge mit dem Bambusstock auf ihn herabregnen ließ, lächelte und kicherte Li Faa und brach in Lachen aus.

»Härter, o ehrenwerte Frau Tai Fu!« trieb Li Faa sie zwischen zwei Heiterkeitsausbrüchen an.

Frau Tai Fu tat ihr Bestes, aber merkwürdig schwach, bis sie etwas sah, das sie vor Erstaunen den Stock sinken ließ. Ah Kim weinte. Über beide Wangen liefen dicke runde Tränen. Auch Li Faa war erstaunt und ebenso die gaffenden Handlungsgehilfen. Am erstauntesten von allen war Ah Kim, aber er konnte nichts dafür; er weinte sogar noch weiter, als keine Schläge mehr fielen.

»Aber warum weinst du denn?« fragte Li Faa Ah Kim wieder. »Das ist doch der reine Unsinn. Sie hat dir nicht einmal weh getan.«

»Warte, bis wir verheiratet sind«, lautete unabänderlich die Antwort Ah Kims, »dann, o Mondlilie, werde ich es dir sagen.«

Als Ah Kim eines Nachmittags zwei Jahre später, an Gestalt einer Wassermelone ähnlicher als je, von einer Sitzung der Chinesischen Schutzgenossenschaft heimkehrte, fand er seine Mutter tot auf ihrem Lager. Schmaler und störrischer als je waren die Stirn und das zottige Haar. Aber auf ihrem Gesicht lag ein verwelktes Lächeln. Die Götter waren freundlich gewesen. Sie hatten ihr keine Qualen bereitet.

Er wollte es zuallererst Li Faa telefonieren, fand aber ihre Nummer nicht und mußte daher Frau Chang Lucy anrufen. Als die Neuigkeit bekanntgegeben wurde, wurde die Hochzeit zu einer Frist angesetzt, die zehnmal so kurz war, wie die alten chinesischen Gebräuche es verlangten. Und da es bei einer chinesischen Hochzeit etwas einer Brautjungfer Entsprechendes gibt, so war Frau Chang Lucy gerade die Rechte dazu.

»Warum«, fragte Li Faa Ah Kim, als sie in der Hochzeitsnacht allein mit ihm war, »warum weintest du, als deine Mutter dich an jenem Tage im Laden schlug? Du warst so töricht. Sie tat dir doch nicht einmal weh.«

»Deshalb weinte ich eben«, antwortete Ah Kim.

Li Faa sah ihn verständnislos an.

»Ich weinte«, erklärte er, »weil ich plötzlich wußte, daß meine Mutter sich ihrem Ende näherte. In ihren Schlägen war keine Wucht, kein Schmerz. Ich weinte, weil ich wußte, daß sie nicht mehr Kraft genug besaß, mich zu schlagen. Deshalb weinte ich, meine Blume der Heiterkeit, mein vollkommenes Ich. Das ist der einzige Grund, daß ich weinte.«

Chun Ah Chun

Es war nichts Auffallendes an dem Äußeren Chuns. Er war – wie Chinesen im allgemeinen – etwas untersetzt und hatte schmale Schultern und das spärliche Fleisch des Chinesen. Der Durchschnittstourist, der ihn zufällig auf den Straßen Honolulus gesehen hätte, würde ihn für einen gutmütigen kleinen Chinesen, vermutlich den Besitzer einer gutgehenden Wäscherei oder eines Schneidergeschäfts gehalten haben. Was Gutmütigkeit und Wohlfahrt betraf, so würde das Urteil richtig, wenn auch nicht ganz treffend gewesen sein; denn Chun Ah Chun war ebenso gutmütig wie wohlhabend, aber wie wohlhabend, davon wußte kein Mensch auch nur den zehnten Teil. Es war bekannt, daß er ungeheuer reich war, aber in seinem Fall war das Wort »ungeheuer« nur ein Ausdruck für das Unbekannte.

Ah Chun hatte kluge kleine Augen, wie schwarze Perlen und so winzig, daß sie Bohrlöchern glichen. Aber sie standen weit auseinander und wurden von einer Stirn beschirmt, die deutlich die eines Denkers war. Denn Ah Chun hatte seine Probleme und hatte sie sein ganzes Leben lang gehabt. Nur daß er sich nie damit gequält hatte. In erster Reihe war er Philosoph, und ob er Kuli oder Multimillionär und Herrscher über viele Männer war, so blieb sein seelisches Gleichgewicht doch dasselbe. Er lebte immer in dem erhabenen seelischen Gleichgewicht, das weder Glück noch Unglück erschüttern konnte. Aus allem zog er seinen Vorteil, ob es die Prügel des Aufsehers auf den Zuckerrohrfeldern waren oder ein Fallen der Zuckerpreise, als er selbst Besitzer der Felder war. Und so beherrschte er von dem Felsen seiner sicheren Zufriedenheit aus Probleme, über denen nur wenige Männer, geschweige denn ein chinesischer Bauer, zu grübeln hatten.

Denn das war es eben – ein chinesischer Bauer, dazu geboren, sein Leben lang wie ein Tier auf dem Felde zu arbeiten, aber entschlossen, dem Felde zu entkommen wie ein Prinz im Märchen. Ah Chun konnte sich seines Vaters, eines Kleinbauern in der Gegend von Kanton, nicht erinnern, auch seiner Mutter, die starb, als er sechs Jahre alt war, erinnerte er sich kaum. Aber er gedachte viel seines verehrten Onkels Ah Kow, denn ihm hatte er von seinem sechsten bis zu seinem vierundzwanzigsten Jahre als Sklave gedient. Hiervon befreite er sich dann, indem er sich als Kuli zu dreijähriger Arbeit auf den Zuckerplantagen von Hawaii zu fünfzig Cent täglich verdingte.

Ah Chun beobachtete scharf. Er hatte einen Blick für Kleinigkeiten, die nicht einer von tausend je bemerkte. Drei Jahre arbeitete er auf den Feldern, dann verstand er mehr von Zuckerrohranbau als die Aufseher und selbst der Inspektor, und der Inspektor wäre erstaunt gewesen über die Kenntnisse, die der welke kleine Kuli über den Verarbeitungsprozeß in der Mühle besaß. Aber Ah Chun studierte nicht nur den Gang der Zuckererzeugung. Er versuchte herauszubekommen, wie man Besitzer von Zuckermühlen und Plantagen wurde. Eine Feststellung machte er bald, nämlich, daß man nicht durch die Arbeit seiner eigenen Hände reich wurde. Das wußte er, denn er hatte selbst zwanzig Jahre lang gearbeitet. Leute, die reich wurden, wurden es durch die Arbeit anderer Hände. Der Mann war am reichsten, der die größte Zahl von Mitmenschen für sich arbeiten ließ.

Als sein Kontrakt abgelaufen war, steckte Ah Chun deshalb seinen Spargroschen in ein kleines Importgeschäft und ging mit einem gewissen Ah Yung zusammen. Diese Firma wurde schließlich die große »Ah Chun & Ah Yung«, die Geschäfte mit allem möglichen, von indischen Seidenstoffen und Gewürzen bis zu Guano-Inseln und Arbeiterwerbeschiffen, machte. Vorläufig nahm Ah Chun jedoch eine Stellung als Koch an. Er war ein guter Koch, und nach drei Jahren war er der bestbezahlte Küchenchef in Honolulu. Seine Zukunft war gesichert, und er war ein Esel, daß er die Stellung aufgab, wie sein Chef Dantin ihm sagte; aber Ah Chun wußte, was er wollte, wurde deshalb ein dreifacher Esel genannt und erhielt ein Geschenk von fünfzig Dollar außer dem Lohn, den man ihm schuldig war.

Die Firma Ah Chun & Ah Yung hatte Glück. Ah Chun brauchte nicht mehr als Koch zu arbeiten. Es waren gute Zeiten für Hawaii. Man pflanzte Zucker in großem Maßstabe und brauchte Arbeitskräfte. Ah Chun nahm die Gelegenheit wahr und verlegte sich auf den Import von Arbeitskräften. Er brachte Tausende von Kulis von Kanton nach Hawaii, und sein Reichtum begann zu wachsen. Er legte sein Geld an. Seine schwarzen Perlenaugen sahen gute Geschäfte, wo andere Leute die Pleite sahen. Er kaufte für ein Butterbrot einen Fischteich, der später fünfhundert Prozent ergab und die Quelle wurde, die ihm das Monopol auf den Fischhandel von Honolulu sicherte. Er hielt keine Reden, um bekannt zu werden, gab sich weder mit Politik noch mit revolutionären Spielereien ab, aber er sah den Gang der Ereignisse deutlicher und länger voraus als die Männer, die sie ins Werk setzten. Mit den Augen seiner Seele sah er Honolulu als eine moderne, elektrisch erleuchtete Stadt zu einer Zeit, da sie sich, unordentlich und halb im Sande vergraben, über eine öde

Sandbank und auftauchende Korallenriffe erstreckte. Also kaufte er Grundstücke. Er kaufte Grundstücke von Kaufleuten, die Bargeld brauchten, von armen Eingeborenen, von den verkommenen Söhnen von Händlern, von Witwen und Waisen und von den Aussätzigen, die nach Molokai deportiert wurden. Mit den Jahren zeigte es sich, daß man die Grundstücke, die er gekauft hatte, für Speicher, Warenhäuser oder Hotels brauchte. Er vermietete und verpachtete, verkaufte und kaufte und verkaufte wieder.

Aber es gab noch anderes. Er schenkte Parkinson, dem Renegaten und Schiffer, auf den niemand sich verlassen wollte, sein Vertrauen und gab ihm Geld. Und Parkinson unternahm mit der kleinen »Vega« geheimnisvolle Reisen. Ah Chun sorgte für Parkinson, bis er starb, und viele Jahre später erlebte Honolulu eine Überraschung, als durchsickerte, daß die Guano-Inseln Drake und Acorn für dreiviertel Millionen an die Englische Phosphat-Gesellschaft verkauft worden waren. Es kamen die fetten, einträglichen Tage unter König Kalakaua, als Ah Chun dreihunderttausend Dollar für die Opiumkonzession bezahlte. Wenn er aber eine drittel Million für das Monopol auf das Gift bezahlte, war es doch eine gute Geldanlage, denn für den Gewinn kaufte er die Kalalau-Plantage, die ihm wieder siebzehn Jahre lang dreißig Prozent brachte, und die er schließlich für anderthalb Millionen verkaufte.

Es war unter den Kamehamehas, lange ehe er seinem Vaterland als chinesischer Konsul diente – eine Stellung, die ihm nicht das geringste einbrachte –, und zwar unter Kamehameha IV., daß er seine Staatsbürgerschaft wechselte und die von Hawaii annahm, um Stella Allendale heiraten zu können, die selbst Untertanin des braunhäutigen Königs war, obwohl mehr angelsächsisches als polynesisches Blut in ihren Adern floß. In ihr war die verschiedenartige Abstammung tatsächlich so verdünnt, daß man mit Achteln und Sechzehnteln rechnen mußte. Zu einem Sechzehntel hatte sie das Blut ihrer Urgroßmutter Paahao – der Prinzessin Paahao, denn sie gehörte der Königsfamilie an. Der Urgroßvater Stella Allendales war ein gewisser Kapitän Blunt gewesen, ein englischer Abenteurer, der in den Dienst Kamehamehas getreten und selbst Tabu-Häuptling geworden war. Ihr Großvater war ein Walfänger-Kapitän aus New Bedford gewesen, während sie durch ihren eigenen Vater eine entfernte Mischung von italienischem und portugiesischem Blut besaß, die seiner eigenen englischen Rasse eingeimpft worden war. Juristisch war Ah Chuns Ehegattin Hawaiianerin, in Wirklichkeit gehörte sie jeder anderen der drei genannten Nationen mehr an. Und in diese Mischung von Rassen brachte Ah Chun die mongolische. So wurden denn die Kinder, die er mit Frau Ah Chun zeugte, zu einem Zweiunddreißigstel Polynesier, zu einem Sechzehntel Italiener, zu einem Sechzehntel Portugiesen, zur Hälfte Chinesen und zu elf Zweiunddreißigstel Engländer und Amerikaner. Es kann schon sein, daß Ah Chun nicht geheiratet haben würde, hätte er die seltsame Familie voraussehen können, die das wunderbare Ergebnis dieser Verbindung wurde. Sie war in vieler Beziehung wunderbar. Erstens durch ihre Größe. Er hatte fünfzehn Söhne und Töchter, größtenteils Töchter. Die Söhne kamen, drei an der Zahl, zuerst, und dann folgte in unabänderlicher Reihenfolge ein Dutzend Mädchen. Die Rassenmischung war ausgezeichnet. Sie erwies sich nicht nur als fruchtbar, die Nachkommenschaft war auch ausnahmslos gesund und tadellos. Aber das Verblüffendste an der Familie war ihre Schönheit. Alle Mädchen waren schön – zart, ätherisch schön. Die runden Linien von Mama Ah Chun schienen die mageren Kanten Papa Ah Chuns abzuschleifen, und die Töchter wurden schlank, ohne hager, rund, ohne fett zu sein. Jeder Zug eines jeden Gesichts erinnerte immer noch an Asien, aber alle diese Züge waren umgearbeitet und verdeckt von Alt-England, Amerika und Südeuropa. Keiner, der sie sah, hätte ohne näheres Wissen erraten können, wieviel chinesisches Blut in ihren Adern floß, aber andererseits konnte niemand, der sie sah und Bescheid wußte, die chinesischen Merkmale übersehen.

Als Schönheiten waren die Mädchen Ah Chuns etwas Neues. Man hatte nie ihresgleichen gesehen. Sie glichen niemand so sehr, wie sie einander glichen, und doch hatte jede von ihnen ihre besondere Individualität. Man konnte sie nicht miteinander verwechseln. Andererseits erinnerte einen die blauäugige und blonde Maud gleich an Henrietta, eine olivenfarbene Brünette mit großen, schmachtenden dunklen Augen und blauschwarzem Haar. Diese Ähnlichkeit aller untereinander, die jeden Unterschied ausglich, war der Beitrag Ah Chuns. Er hatte den Grund gelegt, auf dem die gemischten Muster der Rasse sich gezeichnet hatten. Von ihm stammte der feingebaute chinesische Rahmen, innerhalb dessen die Feinheit und Eleganz des angelsächsischen, romanischen und polynesischen Fleisches sich aufgebaut hatte.

Frau Ah Chun hatte ihre eigenen Ideen, auf die Ah Chun sein Vertrauen setzte, die er jedoch nie zum Ausdruck kommen ließ, sobald sie in Widerspruch zu seiner eigenen philosophischen Ruhe gerieten. Sie war ihr ganzes Leben gewohnt gewesen, europäisch zu leben. Schön. Ah Chun schenkte ihr ein europäisches Haus. Später, als seine Söhne und Töchter groß genug waren, um ihre Meinung zu äußern, erbaute er eine Villa, ein geräumiges, weitläufiges Gebäude, ebenso bescheiden wie prachtvoll. Nach einiger Zeit erhob sich auch ein Haus auf dem Tantalusberge, wo die Familie hinziehen konnte, wenn der »kranke Wind« vom Süden wehte. Und bei Waikiki baute er sich eine Wohnung am Strande auf einem großen Grundstück, das so gut gewählt war, daß er eine riesige Summe daran verdiente, als die Regierung der Vereinigten Staaten es später zu Festungsanlagen enteignete. In allen Häusern gab es Billards und Fremdenzimmer in großer Zahl, denn die wunderbare Nachkommenschaft Ah Chuns legte Wert auf Geselligkeit. Die Möbel waren extravagant in all ihrer Einfachheit. Lösesummen von Königen wurden ausgegeben, ohne daß es zur Schau gestellt wurde – dank dem gut entwickelten Geschmack der Nachkommenschaft.

Ah Chun hatte bei ihrer Erziehung nicht gespart. »Die Ausgaben spielen keine Rolle«, hatte er in alten Tagen zu Parkinson gesagt, als der gleichgültige Seemann keinen Grund finden konnte, die »Vega« seetüchtig zu machen. »Führen Sie nur den Schoner, ich werde schon die Rechnungen bezahlen.« Und ebenso hatte er es mit seinen Söhnen und Töchtern gemacht. Es war ihre Sache, sich eine gute Bildung anzueignen, und die Ausgaben spielten keine Rolle. Harold, der älteste, hatte Harvard und Oxford besucht; Albert und Charles hatten dieselben Semester in Yale studiert. Und die Töchter, von der ältesten bis zur jüngsten, waren in Mills Seminar in Kalifornien vorbereitet worden und dann nach Vassar, Wellesley oder Bryn Mawr gekommen. Mehrere hatten auf ihren eigenen Wunsch ihre letzte Ausbildung in Europa genossen. Und aus der ganzen Welt kehrten die Söhne und Töchter Ah Chuns zu ihm zurück mit Vorschlägen und Ratschlägen für die stilgerechte und prachtvolle Ausstattung seiner Wohnungen. Ah Chun selbst zog den wollüstigen Glanz orientalischen Prunks vor; aber er war Philosoph und sah ein, daß die Geschmacksrichtung seiner Kinder nach abendländischem Maßstab korrekt war.

Natürlich behielten seine Kinder nicht den Namen Ah Chun. Wie er sich selbst vom Kuli und Arbeiter zum Millionär entwickelt hatte, so hatte sich auch sein Name entwickelt. Mama Ah Chun hatte ihn A'Chun buchstabiert, aber ihre kluge Nachkommenschaft hatte das Apostroph gestrichen und buchstabierte ihn Achun. Ah Chun widersprach nicht. Wie sein Name buchstabiert wurde, das störte in keiner Beziehung seine Bequemlichkeit oder seine philosophische Ruhe. Und außerdem war er nicht stolz. Als seine Kinder sich aber bis zu einem gestärkten Hemd, einem gestärkten Kragen und einem Gehrock für ihn verstiegen, störten sie ihn in seiner Bequemlichkeit und Ruhe. Davon wollte Ah Chun nichts wissen. Er zog die lose flatternden Kittel Chinas vor, und sie konnten ihn weder durch Zureden noch durch Schikanieren zu einer Veränderung in dieser Beziehung bringen. Sie versuchten beides, aber namentlich im Schikanieren hatten sie Pech. Nicht umsonst waren sie in Amerika gewesen. Sie hatten gelernt, welche Wirkung ein Boykott von seiten organisierter Arbeit tun konnte, und sie boykottierten ihn, ihren Vater, Chun Ah Chun, in ihrem eigenen Haus, mit Hilfe und Unterstützung von Mama Ah Chun. Ah Chun selbst kannte zwar die Bildung des Westens nicht, war aber in den Arbeitsverhältnissen des Westens gründlich zu Hause. Er war selbst ein großer Arbeitgeber und konnte es mit ihrer Taktik aufnehmen. Er erklärte sofort den »Lock-out« gegen seine aufrührerische Nachkommenschaft und seine verirrte Ehegenossin. Er verabschiedete seine zahlreiche Dienerschaft, verschloß seine Ställe, verschloß seine Häuser und zog in das Königlich Hawaiische Hotel, dessen größter Aktionär er zufällig war. Die Familie irrte verzweifelt zu Besuch bei Freunden umher, während Ah Chun ruhig seine vielen Geschäfte verwaltete, seine lange Pfeife mit dem kleinen silbernen Kopf rauchte und über dem Problem seiner wundervollen Nachkommenschaft grübelte.

Dies Problem störte seine Ruhe indessen nicht. Er wußte im voraus in seiner philosophischen Seele, daß er es, wenn es reif war, lösen würde. Unterdessen erteilte er seiner Familie die Lektion, daß er, so gut sich auch mit ihm auskommen ließ, doch die absolute Diktatur über ihr Schicksal ausübte. Die Familie hielt es eine Woche aus, kehrte dann aber, zugleich mit Ah Chun und der vielen Dienerschaft wieder zurück, um das Sommerhaus nicht wieder zu verlassen. Und in Zukunft fiel kein Wort mehr, wenn es Ah Chun einfiel, seinen prachtvollen Salon in blauseidenem Gewand mit wattierten Pantoffeln und schwarzer Seidenmütze mit rotem Knopf zu betreten, oder wenn er die dünnrohrige Pfeife mit dem silbernen Kopf unter den Zigaretten und Zigarren rauchenden Offizieren und Zivilisten auf einer der breiten Veranden oder im Rauchzimmer schmauchte.

Ah Chun nahm eine ganz besondere Stellung in Honolulu ein. Obwohl er sich nicht im gesellschaftlichen Leben zeigte, hatte er doch überall Zutritt. Die einzigen aber, die er besuchte, waren die chinesischen Kaufleute der Stadt; aber er hielt offenes Haus und war immer der Mittelpunkt in seinem Heim und an seinem Tisch. Obgleich als chinesischer Bauer geboren, präsidierte er doch in einer Atmosphäre von Bildung und Verfeinerung, die keinem auf den Inseln nachstand. Und auf allen Inseln gab es keinen, der zu stolz war, seine Schwelle zu überschreiten und seine Gastfreundschaft anzunehmen. Vor allem war der Ton in der Villa Achun einwandfrei. Zudem war Ah Chun eine Macht. Und endlich war Ah Chun in moralischer Beziehung mustergültig und ein ehrlicher Geschäftsmann. Obgleich die Geschäftsmoral an sich schon höher als auf dem Festlande stand, übertraf Ah Chun doch alle anderen Geschäftsleute Honolulus in der gewissenhaften Strenge seiner Redlichkeit. Sein Wort galt für ebensogut wie seine Unterschrift. Man brauchte nichts Schriftliches von ihm, um ihn zu binden. Er brach nie sein Wort. Zwanzig Jahre nach dem Tode von Hotchkiss von der Hotchkiss-Morterson-Gesellschaft fand man auf verlegten Papieren eine Anleihe von dreißigtausend Dollar verzeichnet, die Ah Chun erhalten hatte. Er hatte das Geld erhalten, als er Geheimer Rat Kamehamehas II. war. In der Geschäftigkeit und Verwirrung der geldbringenden Wohlstandstage war die Sache Ah Chun aus dem Gedächtnis entschwunden. Es gab keinen Schuldschein, keine juristisch gültige Forderung an ihn, aber er machte die Sache mit den Erben Hotchkiss ab und zahlte freiwillig an Zinsen und Zinseszinsen eine Summe, die das Kapital weit überstieg. Ebenso ging es, als er mündlich für den unseligen Kakiku-Kanalisierungsplan die Bürgschaft zu einer Zeit übernahm, als selbst die Vorsichtigsten sich nicht träumen ließen, daß eine Bürgschaft je notwendig werden sollte. »Er unterschrieb einen Scheck auf zweihunderttausend, ohne daß ihm auch nur die Hand zitterte«, berichtete der Sekretär dieses entschlafenen Unternehmens, als er hingeschickt wurde in der verzweifelten Hoffnung, etwas bei Ah Chun zu erreichen. Man wußte viele ähnliche Beispiele, wie er sein Wort gehalten hatte, und es gab kaum einen unter den bekannteren Leuten auf Hawaii, der nicht bei irgendeiner Gelegenheit von Ah Chun finanziell unterstützt worden war.

So kam es, daß Honolulu die wunderbare Familie Ah Chuns zu einem verwirrenden Problem heranwachsen sah, und daß er den Leuten heimlich leid tat, denn sie vermochten sich nicht vorzustellen, was er mit dieser Familie machen wollte. Ah Chun selbst aber sah das Problem deutlicher als alle andern. Keiner wußte so gut wie er selber, in wie hohem Maße er seiner eigenen Familie fremd war. Seine eigene Familie ahnte es nicht. Er sah ein, daß es keinen Platz für ihn unter der wunderbaren Frucht seiner Lenden gab, und er blickte vorwärts auf sein Alter und wußte, daß er ihr immer fremder würde. Er verstand seine Kinder nicht. Ihre Gespräche handelten von Dingen, die ihn nicht interessierten, und von denen er nichts wußte. Die Kultur des Westens war an ihm vorübergegangen. Er war durch und durch Asiate, was wiederum bedeutete, daß er Heide war. Ihr Christentum war für ihn der reine Unsinn. Aber alles das würde er als etwas Fernes und Gleichgültiges ignoriert haben, hätte er nur die jungen Leute selbst verstanden. Sagte Maud ihm zum Beispiel, daß der Haushalt monatlich dreißigtausend kostete, so verstand er das, und er verstand es auch, wenn Albert ihn um fünftausend bat, um die Schonerjacht »Muriel« zu kaufen und Mitglied des Hawaii-Jachtklubs zu werden. Aber ihre weiteren, verwickelteren Wünsche und Geistesprozesse verwirrten ihn. Er entdeckte bald, daß das Denken jedes Sohnes und jeder Tochter ein geheimes Labyrinth war, in dem sich zurechtzufinden er nie hoffen durfte. Stets rannte er mit der Stirn gegen die Mauer an, die Osten von Westen scheidet. Ihre Seelen waren ihm unzugänglich, und daher wußte er auch, daß seine Seele ihnen unzugänglich war.

Außerdem ertappte er sich dabei, wie er mit den Jahren immer mehr in seine eigene Rasse zurückglitt. Die üblen Düfte des chinesischen Viertels waren würziger Wohlgeruch für ihn. Er sog sie mit Wohlbehagen ein, wenn er durch die Straße ging, denn in Gedanken führten sie ihn in die engen, winkligen, von Leben und Bewegung wimmelnden Gassen Kantons zurück. Er bereute, daß er sich in der Verlobungszeit den Zopf abgeschnitten hatte, um Stella Allendale eine Freude zu machen, und erwog ernsthaft, ob es nicht ratsam wäre, sich den Scheitel zu rasieren und einen neuen Zopf wachsen zu lassen. Was sein hochbezahlter Küchenchef ihm vorsetzte, kitzelte seinen Gaumen nicht so wie die schauerlichen, undefinierbaren Gerichte in der schwülen Wirtschaft im Chinesenviertel. Eine halbe Stunde Rauch und Unterhaltung mit ein paar alten chinesischen Kameraden machte ihm viel mehr Freude als der Vorsitz bei den verschwenderischen, eleganten Diners, für die seine Villa berühmt war, und bei denen die Blüte der europäischen und amerikanischen Gesellschaft, Herren und Damen nebeneinander, an den langen Tischen saßen. Die Damen mit ihren Juwelen, die in dem gedämpften Licht auf weißen Hälsen und Armen flammten, die Herren im Frack und alle schwatzend und lachend über Themen und Witze, die ihm zwar nicht direkt unverständlich waren, ihn aber weder interessierten noch unterhielten.

Aber nicht nur sein immer steigender Drang, sich abzusondern und zu seinen chinesischen Fleischtöpfen zurückzukehren, bildete das Problem. Da war auch sein Reichtum. Er hatte vorwärts geschaut auf ein ruhiges Alter. Er hatte schwer gearbeitet. Sein Los hätte Friede und Ruhe sein sollen. Aber er wußte, daß bei seinem riesigen Vermögen Friede und Ruhe unmöglich waren. Es gab schon Anzeichen dafür. Er hatte ähnliche Kämpfe schon früher gesehen. Da war zum Beispiel sein früherer Chef Dantin, dessen Kinder ihm mit Hilfe des Gesetzes die Verfügung über sein Vermögen entrissen und das Recht erhalten hatten, Vormünder zu ernennen, um es zu verwalten. Aber Ah Chun wußte, und er wußte es sehr gut, daß, wäre Dantin ein armer Mann gewesen, das Gericht dahin entschieden hätte, daß er Verstand genug hätte, sein Vermögen zu verwalten. Und der alte Dantin hatte nur drei Kinder und eine halbe Million besessen, wohingegen er, Chun Ah Chun, fünfzehn Kinder hatte, und keiner außer ihm selbst wußte, wie viele Millionen.

»Unsere Töchter sind schön«, sagte er eines Abends zu seiner Frau. »Es gibt viele junge Männer. Das Haus ist immer voll von jungen Männern. Meine Zigarrenrechnungen sind sehr hoch. Warum gibt es keine Hochzeit?«

Mama Achun zuckte die Achseln und schwieg.

»Frauen sind Frauen und Männer sind Männer – es ist merkwürdig, daß es keine Hochzeit gibt. Vielleicht gefallen unsere Töchter den jungen Männern nicht.«

»Doch, sie gefallen ihnen schon gut genug«, antwortete Mama Chun. »Aber, weißt du, sie können nicht vergessen, daß du der Vater deiner Töchter bist.«

»Aber du vergaßest doch, wer mein Vater war«, sagte Ah Chun ernst. »Alles, was du verlangtest, war, daß ich mir meinen Zopf abschnitt.«

»Die jungen Männer nehmen es vermutlich genauer als ich.«

»Was ist das Größte auf der Welt?« fragte Ah Chun plötzlich, als wollte er von etwas anderem reden. Mama Achun bedachte sich einen Augenblick, dann antwortete sie: »Gott.«

Er nickte. »Es gibt verschiedene Götter. Einige aus Papier, einige aus Holz, einige aus Bronze. Im Kontor habe ich einen kleinen, den ich als Briefbeschwerer benutze. Im Museum sind eine Menge Götter aus Korallenblöcken und Lava.«

»Aber es gibt nur einen Gott«, erklärte sie bestimmt und reckte ihren vollen Körper, als wollte sie den Kampf mit ihm aufnehmen.

Ah Chun sah das Gefahrensignal und wich aus.

»Aber was ist größer als Gott?« fragte er. »Das will ich dir sagen: Geld. In meiner Zeit habe ich Geschäfte mit Juden und Christen, Mohammedanern und Buddhisten und mit kleinen schwarzen Männern von den Salomoninseln und Neu-Guinea gemacht, die ihren Gott in Ölpapier eingepackt bei sich trugen. Sie hatten verschiedene Götter, diese Männer, aber alle beteten sie das Geld an. Da ist zum Beispiel Kapitän Higginson. Henrietta scheint ihm zu gefallen.«

»Er wird sie nie heiraten«, antwortete Mama Achun.

»Er wird Admiral, ehe er stirbt –«

»Konteradmiral«, warf Ah Chun ein. »Jawohl, das weiß ich. Das werden sie, wenn sie ihren Abschied nehmen.«

»Seine Familie ist in den Vereinigten Staaten hochangesehen. Sie würden sich nicht freuen, wenn er – wenn er ein nichtamerikanisches Mädchen heiratete.«

Ah Chun klopfte seine Pfeife aus und stopfte nachdenklich einen kleinen Klumpen Tabak in den Silberkopf. Er steckte sie an und rauchte sie aus, ehe er weitersprach. »Henrietta ist das älteste von den Mädchen. An dem Tage, an dem sie sich verheiratet, gebe ich ihr dreihunderttausend Dollar. Das wird diesem Kapitän Higginson und seiner vornehmen Familie den Mund stopfen. Laß ihm gegenüber ein Wort davon fallen. Das überlasse ich dir.«

Und Ah Chun rauchte weiter, und in den wogenden Rauchwolken sah er, wie das Gesicht und die Gestalt Toy Shueys sich bildete – Toy Shueys, des Mädchens im Hause seines Onkels im Dorfe bei Kanton, deren Arbeit nie fertig wurde, und die für ein ganzes Jahr einen Dollar erhielt. Und er sah sein jugendliches Ich in dem wogenden Rauch aufsteigen, sein jugendliches Ich, das achtzehn Jahre lang auf dem Felde seines Onkels für nicht viel mehr gearbeitet hatte. Jetzt gab er, Ah Chun, der Bauer, seiner Tochter eine Mitgift von dreihunderttausend Jahren solcher Arbeit. Und sie war nur eine von einem Dutzend Töchter. Er fühlte sich nicht erhoben bei dem Gedanken. Er sah plötzlich, daß es eine komische, launische Welt war, und er kicherte laut und weckte Mama Achun aus einer Träumerei, die sie, wie er wußte, tief in die geheimen Kammern ihres Wesens führte, wohin er nie gedrungen war.

Aber das Wort Ah Chuns ging weiter in einem Flüstern, und Kapitän Higginson vergaß seine Würde als Konteradmiral und seine feine Familie und heiratete die dreimalhunderttausend Dollar und ein verfeinertes, gebildetes Mädchen, das zu einem Zweiunddreißigstel Polynesierin, zu einem Sechzehntel Italienerin, zu einem Sechzehntel Portugiesin, zu elf Zweiunddreißigsteln Engländerin und Amerikanerin und zur Hälfte Chinesin war. Ah Chuns Freigebigkeit tat ihre Wirkung. Seine Töchter wurden plötzlich gute, erstrebenswerte Partien. Klara war die nächste, als aber der Staatssekretär des Territoriums formell um ihre Hand anhielt, ließ Ah Chun ihn wissen, daß er warten müsse, bis er an die Reihe käme, denn Maud sei die älteste und solle zuerst heiraten. Das war kluge Politik. Die ganze Familie hatte ein lebhaftes Interesse daran, Maud an den Mann zu bringen, und das glückte denn auch im Laufe von drei Monaten mit Ned Humphreys, dem Einwanderungskommissar der Vereinigten Staaten. Er wie Maud beklagten sich, denn ihre Mitgift betrug nur zweihunderttausend. Ah Chun erklärte indessen, daß er anfangs so freigebig gewesen war, um das Eis zu brechen, und daß seine Töchter jetzt nur erwarten konnten, billiger wegzugehen.

Auf Maud folgte Klara und dann gab es zwei Jahre lang eine ununterbrochene Reihe von Hochzeiten in der Villa. Unterdessen hatte Ah Chun nicht müßig zugesehen. Eine nach der andern seiner Geldanlagen wurde gekündigt. Er verkaufte seine Anteile an einer Reihe von Unternehmungen, und Schritt für Schritt, so daß es keinen plötzlichen Preisfall verursachte, trennte er sich von seinem großen Grundbesitz. Zuletzt verursachte er indessen doch einen Preisfall und verkaufte mit Verlust. Der Grund zu dieser Eile waren die Wolken, die er schon am Horizont aufsteigen sah. Als Lucille verheiratet worden war, klang schon der erste Widerhall von Streit und Eifersucht in seinen Ohren. Die Luft war voll von Plänen und Gegenplänen, um seine Gunst zu gewinnen und ihn gegen den einen oder andern seiner Schwiegersöhne oder gegen sie alle bis auf einen einzunehmen. Und das alles trug nicht dazu bei, ihm den Frieden und die Ruhe zu sichern, die er sich für sein Alter gewünscht hatte.

Er beeilte sich. Seit langer Zeit stand er in Briefwechsel mit den größten Banken in Schanghai und Macao. Seit mehreren Jahren hatte jeder abgehende Dampfer Anweisungen eines gewissen Chun Ah Chun auf Depositen in diesen orientalischen Banken mitgenommen. Jetzt wurden die Anweisungen größer. Seine beiden jüngsten Töchter waren noch nicht verheiratet. Er wartete nicht, sondern gab jeder eine Mitgift von hunderttausend, die in der Hawaii-Bank angelegt wurden, Zinsen brachten und auf ihren Hochzeitstag warteten. Albert übernahm die Firma Ah Chun & Ah Yung, nachdem Harold, der Älteste, es vorgezogen hatte, sich mit einer Viertelmillion in England niederzulassen. Charles, der Jüngste, bekam hunderttausend, einen gesetzlichen Vormund und einen Kursus in einem Keeley-Institut. Mama Achun bekam die Villa, das Haus auf dem Tantalusberge und eine neue Wohnung an der See statt derer, die Ah Chun an die Regierung verkauft hatte. Außerdem bekam Mama Achun eine halbe Million in gut angelegten Werten.

Ah Chun war jetzt bereit, die Nuß des Problems zu knacken. Eines schönen Morgens, als die Familie beim Frühstück saß – er hatte dafür gesorgt, daß alle seine Schwiegersöhne und ihre Frauen zugegen waren –, teilte er ihnen mit, daß er im Begriff stände, in sein Vaterland zurückzukehren. In einer hübschen kleinen Predigt erklärte er ihnen, daß er reichlich für seine Familie gesorgt hätte, und entwikkelte verschiedene Lehrsätze, die, wie er sagte, sie sicher instand setzen würden, in Frieden und Eintracht miteinander zu leben. Er gab seinen Schwiegersöhnen auch geschäftliche Ratschläge, predigte davon, wie vortrefflich es sei, mäßig zu leben und sein Geld sicher anzulegen, und bereicherte sie aus seiner umfassenden Kenntnis der industriellen und merkantilen Verhältnisse Hawaiis. Dann verlangte er seinen Wagen, fuhr in Begleitung der weinenden Mama Achun zum Postdampfer und ließ die Villa in voller Panik zurück. Kapitän Higginson trat eifrig dafür ein, ihn unter Kuratel zu stellen. Die Töchter vergossen reichliche Tränen. Einer ihrer Männer, ein früherer Richter, bezweifelte Ah Chuns Verstand und eilte zu den maßgebenden Behörden, um ihn untersuchen zu lassen. Er kam indessen zurück mit der Nachricht, daß Ah Chun tags zuvor bei der Gesundheitskommission erschienen, eine Untersuchung verlangt und die Prüfung mit Glanz bestanden hatte. Es war nichts zu machen, deshalb gingen sie hin und verabschiedeten sich von dem kleinen alten Mann, der ihnen vom Promenadendeck aus winkte, während der große Dampfer durch das Korallenriff hindurch auf das offene Meer hinaussteuerte. Aber der kleine alte Mann fuhr nicht nach Kanton. Er kannte sein eigenes Land und die Erpressungen der Mandarinen zu genau, um sich mit dem ansehnlichen Rest seines Reichtums, den er behalten hatte, dorthin zu wagen. Er reiste nach Macao. Nun hatte Ah Chun lange die Macht eines Königs ausgeübt, und er war so herrschsüchtig wie ein König. Als er in Macao an Land ging und sich in das Büro des größten europäischen Hotels begab, um seinen Namen in das Fremdenbuch einzuschreiben, klappte der Portier ihm das Buch vor der Nase zu. Chinesen wurden nicht aufgenommen. Ah Chun ließ den Direktor rufen und wurde mit Hohn behandelt. Er entfernte sich, kam aber zwei Stunden später wieder. Er ließ den Portier und den Direktor rufen, gab ihnen ein Monatsgehalt und ihre Entlassung. Er hatte das Hotel gekauft und ließ sich in der schönsten Zimmerflucht für die vielen Monate nieder, während derer sein prachtvolles Palais am Rande der Stadt gebaut wurde. In der Zwischenzeit erhöhte er mit der unvermeidlichen Tüchtigkeit, die ihm eigen war, den Verdienst seines großen Hotels von drei Prozent auf dreißig.

Die Unannehmlichkeiten, vor denen Ah Chun geflüchtet war, begannen bald. Einige der Schwiegersöhne legten ihr Geld unvorsichtig an, andere brachten die Achunsche Mitgift durch. Als Ah Chun sich zurückgezogen hatte, richteten sie ihre Blicke auf Mama Achun und ihre halbe Million, und unterdessen wurden die gegenseitigen Gefühle nicht gerade liebevoller, Rechtsanwälte wurden dick und fett, während sie den Wortlaut der Depositenscheine untersuchten. Klagen und Widerklagen erfüllten die Gerichte von Hawaii. Auch die Strafkammer ging nicht leer aus. Es gab zornige Zusammenstöße, bei denen harte Worte und noch härtere Schläge fielen. Es geschah, daß Blumentöpfe geworfen wurden, um beschwingten Worten Nachdruck zu verleihen. Und es entstanden Beleidigungsprozesse, die sich durch die Gerichte hinschleppten und ganz Honolulu in Aufregung versetzten.

In seinem Palast raucht Ah Chun, von allen köstlichen Herrlichkeiten des Orients umgeben, ruhig seine Pfeife, während er auf den Lärm jenseits des Meeres lauscht. Mit jedem Postdampfer geht ein Brief in fehlerfreiem Englisch, auf einer amerikanischen Schreibmaschine getippt, von Macao nach Honolulu, und darin gibt Ah Chun in bewundernswerten Worten und Vorschriften seiner Familie den Rat, in Eintracht und Harmonie miteinander zu leben. Was ihn selbst betrifft, so hat er nichts mehr mit alledem zu tun, und er ist froh. Er hat Frieden und Ruhe erlangt. Hin und wieder kichert er und reibt sich die Hände, und seine schiefen Äuglein blinzeln heiter bei dem Gedanken an diese komische Welt. Denn von seinem ganzen Leben und von seiner Philosophie ist ihm das eine geblieben – die Überzeugung, daß dies eine sehr komische Welt ist.